大
方
sight

丁酉 故事集

弋舟 著

中信出版集团·北京

图书在版编目（CIP）数据

丁酉故事集/弋舟著.——北京：中信出版社，
2018.5（2021.7重印）

ISBN 978-7-5086-8763-6

Ⅰ.①丁… Ⅱ.①弋… Ⅲ.①短篇小说-小说集-中国-当代 Ⅳ.①I247.7

中国版本图书馆CIP数据核字(2018)第049580号

丁酉故事集

著　　者：弋　舟
策划推广：中信出版社（China CITIC Press）
出版发行：中信出版集团股份有限公司
　　　　　（北京市朝阳区惠新东街甲4号富盛大厦2座　邮编　100029）
承　印　者：浙江新华数码印务有限公司

开　　本：787mm×1092mm　1/32　印　张：6.5　字　数：102千字
版　　次：2018年5月第1版　　　　印　次：2021年7月第2次印刷
书　　号：ISBN 978-7-5086-8763-6
定　　价：48.00元

版权所有·侵权必究
如有印刷、装订问题，本公司负责调换。
服务热线：400-600-8099
投稿邮箱：author@citicpub.com

致谢《作品》《作家》《小说界》《收获》《人民文学》《长江文艺》《小说月报》《新华文摘》《小说选刊》《中华文学选刊》，这本集子里的小说依次在这些刊物上出现过；致谢李勇先生，我的创作得益于他多年来的支持与襄助。

这一次献给姐姐

目 录

1　巴别尔没有离开天通苑

43　缓刑

71　势不可挡

109　会游泳的溺水者

147　如在水底,如在空中

182　代后记:对更普遍的生活的忧虑

Part 01

巴别尔
没有离开天通苑

我十二岁那年，我妈的一位朋友，一个著名的女摄影家，搞到天通苑两个"经适房"的指标，一个自用，一个给了我妈。价格是每平方两千六百八十元。面对这张当时还看不出是什么馅儿的巨大的馅饼，我妈举棋不定，兀自嘀咕，买，还是不买？她其实无意征求谁的意见。自从被我爸抛弃，成了一名弃妇后，她就习惯这样对着空气发问了。每顿饭吃什么她都会问道问道，没人回答，也不影响她行使做饭的义务。但那次她兀自嘀咕的问题，显然比晚饭喝粥还是吃捞面这类事要重大，如同一个哈姆雷特式的天问。我不忍她过于仓皇，有一嘴没一嘴地应了声：买。一百七十多平，所有手续办下来，不到四十万。

如今，天通苑成了亚洲最大的居住小区，区内有几十趟公交，三个地铁站。

当年我那声无心之"买"，不啻为自己此生发出的最接近真理的一个声音，其意义之重大，从我对那位著名女摄影家复杂的感情上便可见一斑——当我正经懂得了世事艰难后，我改口管她叫"干妈"了。这并不过分，实际上，在我眼里，她就是一个在人间复活的救世主，她之于我，就是有着再造之恩。我爱这套房子，我爱天通苑。这爱类似一种宗教情感，是一颗卑微的臣服之心。我知道，我领受了老天过分的优待。不是我配得上这样的优待，那不过是老天以万物为刍狗之余，对人偶尔为之的怜悯恰好落在了我的头上。

现在我竟然要离开这块赏赐之地，因为小邵偷回只猫。

她用一件皮肤衣裹着那个家伙。皮肤衣是我的，早上出门送小邵上班时下起了雨，在地铁口，我脱下来给她穿上了。回来时它的帽子里露出只猫头。

"捡的？"

"你不觉得它像你的儿子吗？你拿你小时候的照片来跟它比比，简直是一个模子里倒出来的嘛。你难道会否认你的眼珠也有些发黄吗？"她一边说一边把猫往我怀里塞。

猫的脸比我拳头大一圈，也许从皮肤衣里完全裸露出来会更大一些。它的神情倨傲，人类中的婴儿如果也长了像它那样一双黄色的眼珠，一定是得了黄疸。它干净极了，像人类中天天修剪指甲的那部分人，显然不是一只流浪猫。

我拒绝抱它。我说："别塞给我。"

"任性是吧？"小邵挠着猫头说，"它有一个名字，嗯，它叫鲁西迪。你不是喜欢《午夜之子》吗？"

我是喜欢写出过《午夜之子》的鲁西迪，可是我不想跟她怀里的这个"午夜之子"扯上任何关系。

"别闹了，我姓王，它姓鲁，它肯定不是我儿子，你还是打哪儿弄来的还回哪儿去吧。"

"我不会这么做的，你想都别想。我们需要它，它就是老天送给我们的礼物。"小邵对着空气喃喃自语，像极了当年兀自嘀咕的我妈。

她弯下腰将猫放在地板上，帮它脱掉皮肤衣。猫的脖子上系着根皮项圈儿，这证实了我的判断，反正我是没见过系着皮项圈儿的流浪猫。我猜不准以猫龄计它应该有多大，只是觉得它接近人类五六岁的幼童。这可能并不准确，可准不准确真的没那么重要。重要的是，现在我要接受一只猫来做我的儿子。猫认生，畏葸地缩在地板上，看上去竟真的有些像剃掉胡子的鲁西迪。

我用手机给它拍照，没什么特别的意图，不过是如今的习惯性动作。

天光打在地板上，给它银色斑纹的短毛涂上夕阳的余辉。往常的这个时候，小邵应该还在可可喜礼烘焙店的柜台后面系着白色的围裙给顾客包蛋糕。就是说，她回来得早了，这很反常，于是，事情就更像是有所预谋的了。

我从客厅的一头走向另一头。每当心神不宁的时候我就爱这么走几个来回。一百七十多平的面积在北京算得上是一个有力的心理支撑。

天通苑有许多流浪猫和流浪狗，我偶尔也会丢根火腿肠给它们。但这并不表示我愿意收养一只盘踞在我的赏赐之地。老实说，我并不喜欢它们，它们会乱翻垃圾，很脏很烦人。天通苑也有许多养猫养狗的业主，他们在清晨和黄昏成群结队地遛猫遛狗，还在微信里组织了不同的群，交流经验，沟通感情，彼此攀比和相互炫耀。如果非要接受一只猫进入我一百七十平的地盘儿，我现在倒是拿不准，它到底是从垃圾堆捡回来的好，还是从主人眼皮下系着皮项圈儿被偷回来的好。我是有些蒙，好像非此即彼，如果非要认领一只猫做自己的儿子，就只有这两个选项。

好吧，我昏头昏脑地认为，那么还是偷来的这只更能令我接受一些。

在房子里走到第三个来回，我的这种想法终于被理性压倒。显然，即便从垃圾堆捡回一只脏猫很恶心，也好过偷回一只皮光毛滑的猫。你明白，我所认为的"好"，是以人类理性中所谓的"正当性"为依据的——它专断地抑制我们本能的好恶，让我们无视垃圾堆的恶臭和窃取某样东西所能带给人的那种原始的兴奋。

那么好了，我得把它还回去——这才是我的愿望，并没有谁勒令我必须收养一只猫！

然而，把猫还回去，虽然能够令我符合"正当性"，令我显得理智而体面，接近人类中那部分天天修剪指甲的人，但此时我并不是非常踊跃地想去这么做。小邵说这只猫是我儿子，说它跟我有着一样的黄眼珠，难道我可以富有"正当性"地粉碎她的谎言吗？谎言粉碎后会怎样呢？最具"正当性"的，难道不是给她弄一个货真价实的婴儿吗？甚至，最好这个婴儿生下来还要立即接受黄疸治疗。这太可怕了。想必小邵跟我的认识相同，否则她也不会使出这种狸猫换太子的把戏。我们应该有一个儿子，这是生命的律令，可现实除了有不能偷猫这样的"正当性"，还有生育一个儿子所意味着的那种灾难性的重负的"正当性"。我的好运气在十二岁那年被我妈一次性用光了，告罄了，我已经归队，老老实实回到了"刍狗"的行列，不会奢求老天更多的优待。

我从房间的一头走回去，我得跟小邵再谈谈，仿佛真的很有把握说服她一样。

"这么做不合适。真的想要养一只猫，我们可以去买一只。用皮肤衣随便裹一只回来，无论如何，这么做都很不靠谱。"

我真的并不想养一只猫，我最多只愿意给路遇的猫丢一根火腿肠。可现在"养一只猫"好像已经是我们展开讨论的前提了。

"这是老天给我们的礼物。"小邵说，蹲着抚摸猫的肚皮，"——你觉得，老天的礼物是可以买回来的吗？你看，它是鲁西迪，是你喜欢的，它就是我们的儿子——你觉得儿子是可以买回来的吗？"

我蹲在她身边，开始正眼打量这个"老天的礼物"。它的眼睛很大，并且睁得很开，上眼睑像半个纵向切开的杏仁，下眼睑的形状是圆的，眼神明亮而警觉。怎么说呢，不折不扣，的确像是个"老天的礼物"。此刻它的眼珠泛着蓝光。

"你瞧，它的眼珠不是黄色的。"我说，如同找到了反对的依据。

"这是光线变化的原因，还有晶状体什么的原理吧，而且眼珠变来变去这种事情，也没什么好奇怪的，我们刚认识的时候，你的眼珠就没现在这么黄。它是老天给我们的一个礼物，我们现在，是完整的一家人了。"

小邵略带茫然地看看我，似乎自己也觉得不知所云。我发现她的刘海是湿的。外面可能还在下雨，她用皮肤衣裹猫了，于是淋湿了自己。

猫举起一只前爪拨打她的手，我觉得这货在微微地发抖。

我得承认，小邵的话有些说服力。她一再强调，"它是老天给我们的礼物"，而相较于一个来自老天的礼物，偷，似乎真的比买更具神秘的奥义。不是吗，我现在安身的这套房子，这块老天给我的赏赐之地，难道真的是买到手的吗？实际上，它不是更接近一种"偷来"的本质吗？鲍勃·迪伦在歌里理直气壮地唱:"对,我就是思想的窃贼,哦,不,我情愿是灵魂的小偷。"我没法儿给小邵一个婴儿,于是,在很大意义上,是她出于权宜之计,替我偷来了一只猫作为替代品。这里面的逻辑太过复杂,我只好默默地看着地板上瑟瑟发抖的猫。

小邵抱起了猫,起身坐进沙发里,那姿势,就是抱了一个婴儿。

我席地坐在地板上,习惯性地又用手机对准了她。镜头里的情形正是一对儿哀愁的母子。光线暗淡,这一对儿却散发着神圣的幽光。

我问小邵晚饭吃什么。这根本不是个问题,可一生中我们会愚蠢地问无数遍。没人回答我,就像当年我妈的处境。我捡起地板上的皮肤衣给自己套上,转身出了门。

雨的确还在下,但下得不易觉察,空气里像是飘着一层有些黏腻的浮油。我上了另一栋楼,敲开了苏伟的家门。她正在吃晚饭,不过是一盒速食干拌面。我跟她说了说情况,并且摸出手机让她看猫的照片。苏伟,我那位"干妈"的女儿,埋头吃面,偶尔抬头瞅我一眼。

"美短，"她扫一眼我递过去的手机，漫不经心地说，"还是只银色条纹的，挺漂亮。"

"喂，我说，我不是来让你欣赏这货的——'美短'是什么意思？"

她把吃空了的面盒丢在工作台上，揉着手腕说："是这只猫的品种，美国短毛猫。"

我想象着一只系着皮项圈的猫漂洋过海的情景。

我说："我来找你不是想问这个。"

作为一个在人间复活的救世主的女儿，苏伟在我眼里也有种神圣的气质。有时候我会觉得，当年那两个"经适房"的指标将我跟她安排成了邻居，这里面也有老天的深意。她穿着宽大的白衬衫，下摆绑了一个松松垮垮的结。

"那你想问什么？哦，是的，这只猫可能不便宜，怎么也值七八千吧，"她好像终于明白了我的意图，同时想起来自己是个律师，"肯定是盗窃罪了，数额较大，判刑的话，够判个三两年的。"

我愣了。我压根没想跟她请教法律问题。她给我了根烟，自己也点上了一根，半坐在工作台的桌面上，不停地揉着手腕，好像刚刚那盒干拌面让她的手腕不堪重荷了似的。

"想办法送回去,别心存侥幸。你知道那些养宠物的人都什么心理吗?这倒是跟小邵一样,都是当儿子来养的。肯定会报警,谁家丢了儿子会不报警啊?警察一介入就坏了。现在还来得及——下雨,见着只落了单的宝贝儿,抱回家给它暖和暖和,没准失主还能给你们送面锦旗。你没事儿吧?"

可能我的脸色有些不好。

"我真的不是吓唬你,我可没想这么干,杨姨叮嘱过我要照顾你,这话我可没忘。别跟我说什么'老天的礼物'了,事实上,我们常常搞不清自己究竟是撞上了大运还是踩上了狗屎。反正我是挺不乐观的,何况你现在这事儿,百分之百就是踩了狗屎嘛!"

她所说的"杨姨"就是我妈。我不知道我妈对她有过什么叮嘱。我妈是三年前去世的,那会儿,苏伟还跟她前夫在日本鬼混着呢。

她开了门把我往外推。

"赶紧去处理。对了,下楼右拐有家宠物店,你先去买几罐猫粮,爱心人士嘛,得有点儿样子。还有,给人还回去之前,你可千万把那货伺候好了,不能有任何差错,否则真就砸手里了！你明白我说的意思吗？"她不停地揉着手腕说。

"我想我明白。"我说，"你的手腕怎么了？"

"手腕？噢，腱鞘炎，刷手机刷多了。"她怔了一下，继续说，"没错，它现在就是个婴儿，搁谁手里都有保护它的义务，我不是跟你开玩笑。就算是捡了个孩子，死谁手里都得承担责任，何况你这还是偷来的。"

"谢谢！"

她砰地关了门，一点也不像受过我妈叮嘱的态度。

下楼右拐，我没有看到苏伟所说的宠物店。但我不认为她是在骗我或者敷衍我，她不过是使用了一种修辞，用以强调事态的严峻性。受了她的启发，我也在超市里买了几盒干拌面，还买了几罐苏打水。结账的时候，我赫然看到收银员背后的货架上竟然摆着一排琳琅满目的猫粮。难道，它们不是向来如此陈列着的吗？那一排生动的猫脸印在精美的包装上，想必我的目光曾经无数次扫过它们，但我们只看自己愿意看到的。

我选了两罐新西兰的牛肉罐头——"一罐装下93%鲜肉，完整取材于同一头动物"，它的包装上是这么说的。此刻我的心态，就是一个给儿子选择食物的父亲的心态，我给自己买干拌面时都不会这么走心。

食物令家里有了难以描述的温情。我们共同吞下过那么多的食物，但小邵的神情从来没有因之如此荡漾。我带回家的那两罐猫粮让她欣慰极了，我能够感到她对我的爱都因此不同于往日。她吻了我脸颊一下，既像一个女朋友，又像一个女儿，还像一个母亲，当然，还像一只猫。我们用自己的饭碗给猫盛放牛肉罐头，不安地看着它，当它以一种俯就的神情舔了两下碗边儿时，小邵哭了。我不觉得她哭得不可思议，要是足够放松，没准儿我也会涌出泪水。

"我觉得，它再长大一些，脸再饱满一些，眼睛再离得开一些，就完全是你的样子了。"小邵说。

此刻她躺在沙发里，猫趴在她的胸口上，一切的确和往日的气氛迥然不同，真的就像她所说的那样——"我们现在，是完整的一家人了。"考虑到她给这只猫取的名字，她和猫现在构成的姿势，竟令我有些嫉妒。我不忍马上唤醒她，自己拿了罐儿苏打水走到阳台的窗户前盘算。

办法还是有的。微信上业主们组织的五花八门的群我也加入过几个,我打算先把"捡到一只美短"的信息发上去。这样一来,无论有没有人认领,事后如果追究,我和小邵都会立于不败之地,我们发出了信息,便摆脱了偷猫的嫌疑。这一招极富"正当性",算是人类伟大理性的灵光一现。

平时那几个群被我设置成了"消息免打扰"的模式,现在,我将它们一一点开。无一例外,我看到的都是相同的内容。

美短鲁西迪的照片充斥在所有天通苑业主们的群里,今夜,它是亚洲最大的居住小区里唯一的主角。

它当然不叫鲁西迪,但是,在它的主人那儿,它的名字竟然是——巴别尔!你能理解这有多么令我震惊吗?"巴别尔",这个名字给我带来的震撼,超过铺天盖地的舆情——业主们愤怒了,在集体诅咒偷猫贼。但我却被这只美短的本名惊吓得差点儿扔掉手机。

巴别尔是谁?是那位写过《骑兵军》的大师。他和鲁西迪一样,都不属于大众阅读的对象,这个地球上可能只有专门的一小撮人才对他们发生着兴趣。我这么说,并不是在划分趣味的优劣,我没那么傲慢,我只是觉得人类总是要被分成块的,而且块和块之间相互不可理喻,无法通约,就好比，你都想不到有一群少数者，毕生热衷于收藏垃圾堆里淘出来的内裤。我以为我也是个少数者，万万没有想到，并不需要一个浩瀚的宇宙来作为背景，就在天通苑里，便潜伏着一个自己的同类。

信息中透露出这个同类就职于农业部的某个司，大概不是什么位高权重的人，否则也不会藏身在鱼龙混杂的天通苑。他和他的巴别尔一同出现在群里，一小段视频，他和它，在房间的地毯上嬉戏，还有一个她——当然，是他的太太，坐在轮椅里温柔地旁观。接下来她便在视频里哭诉起来，"不过是开门接了份外卖，巴别尔就溜出去了。"

是啊，巴别尔自己溜出去了，跟我们可没什么关系。

她继续说，巴别尔经常会溜出门，可从来不会离开，它只是顽皮，它总是候在门口，待一会儿，然后敲敲门，让主人重新把门打开，对它而言，这就是个游戏。

它这么机灵，我现在把它送出门，它自己肯定会摸回去吧？穿过几条马路，在自家楼下等候有人按开电梯，从容地踱进去，示意电梯里的人给它按准楼层，到了后礼貌地致谢与告别，然后回到家门口，轻轻叩响熟悉的房门——哈喽，游戏结束了。

它是被偷走的！女主人的情绪失控了，叫喊道：有人摸到了我家门口，趁它出门的一瞬抱走了它！这是一个蓄谋已久的贼！

哦，这个"蓄谋已久的贼"，我的小邵，果真是这样的吗？你会真的这么令我刮目相看吗？你谋划了多久，一年，还是半载？你在这个下雨的黄昏，提前从可可喜礼烘焙店脱岗，溜上了人家的楼，身上裹着件准备裹猫的皮肤衣，猫如期而至，你伺机猛扑了上去。

这太恶劣了，简直就等同于人贩子光天化日之下抢小孩！住在天通苑还有安全感吗？有人在群里出主意——找物业调监控。

太对了，这也是人类伟大理性的灵光一现。

我没法再看下去了。仿佛现在小邵并不在我的身边，并没有被一只鲁西迪趴上胸口压在沙发里，而是鬼鬼祟祟地存在于摄像头质量不佳的画面中。

"走，马上走。"

我从来没这样说一不二、当机立断过。你知道，通常当我开口，都是我妈那种对着空气发言时无可无不可的态度。

怀里有了一只猫，小邵也随着发生了神奇的变化，她变得格外顺从，就像一个哺乳期的女人那样，对世界没有任何的异议——只要你别碰她的孩子。她连问都没多问一句，起来就跟着我走了。

出门的时候，我再次将那件皮肤衣塞到了她怀里，她心有灵犀地将猫裹了起来。

我们没有选择电梯。与找上门来的失主和保安在电梯里狭路相逢，完全有可能是一个大概率的事件。我们不能连人带猫一起被人堵住，那将是人生毁灭性的打击。我和小邵是相爱的，我们的爱像所有真正的爱一样，都那么岌岌可危，我们的爱承受不了一次捕获。小邵无声地跟着我。沿着楼梯往下走，楼道的感应灯有好几层是坏掉的，穿过黑暗拾级而下，我有种心碎的滋味。其间猫叫了一声，猝不及防，真的太吓人了。

夜色完全黑下来了，天通苑却灯火通明。细雨里人群依旧熙来攘往，像海市蜃楼中的盛世之夜。我们尽量贴着路灯照不到的角落走，还不自觉地蹑手蹑脚。钻进一辆出租车后，我甚至都听到被皮肤衣裹着的猫长吁了一口气。

我应该跟小邵交流一下，搞清楚这件事的来龙去脉，她真的"蓄谋已久"了吗？或者，她可以说是无辜的——不过是这只猫自己跑到了她的脚边，用一双和我相似的黄眼珠启发并引诱了她，令她情不自禁兜头用皮肤衣将其裹了回来。可我现在不想开口。我有些无力。同时，我也不想惊动安静的小邵。自从她抱着猫来到我面前，我觉得我们之间的关系忽然变得饱含水分，不再显得那么干燥，变得相濡以沫，变得彼此好像比以往更加属于对方。

我明白，苏伟所说的，只是在理论上成立——法律会将小邵关进监狱里去——我并不是很担心这个，因为我压根儿不接受人会因为偷了只猫就得失去自由；但是我也害怕万一理论发了疯，竟然奇迹般地兑现了——尽管经验告诉我，迄今为止，我所经历的都是有违理论的事儿。理论上，我大学学的是机械制造与自动化专业，可实际我后来干过编辑，干过导游，还开过饭馆，就是从没在机械制造与自动化上吃到过一口饭。理论上，我妈一生严于律己，胸襟开阔，被丈夫抛弃也只是自言自语着发出天问，活成人瑞也没什么好奇怪的，可她六十岁出头就走了。凡此种种，不一而足，都令我不是那么重视理论上的可能性。但现在我却不敢信赖自己的经验了。我空前地尊重理论上的可能性。因为我爱小邵，不想让她冒一点儿风险。即便她不会因为一只猫被送进牢里去，我也没法想象她的尊严可能会遭受的踩躏。当然，你也可以说我们并无什么尊严可言——小邵只是一个烘焙店的女店员，我失业在家快半年了，然而我们在相爱，这赋予了我们某种可以被理解的、微弱却宝贵的自尊。

所以，还是离开天通苑吧。

司机问我去哪儿，毫无缘由，我略微沉吟了一下，告诉他去峪口镇。我沉吟的那一下，什么意思也没有，我并没有借此思考什么，就是一个"正当性"的停顿。

出门时我带上了自己的双肩包，也提醒小邵背上了她的包。我的包近一个月没用过了，里面装着的东西与当下的我毫无瓜葛，就是一堆陌生人的物品：几包餐厅里的纸巾，一个关节可以活动的木偶，一只不知道做什么用的空锡盒，一部没有拆封的华为手机，一本301医院的空白病历。不不不，它们真的跟我没什么关系，我一点儿也想不起它们是怎么跑到我包里来的。

我开始盘算我俩身上有多少钱。如果记得不错，我钱夹里的几张卡上应该还有几万块。但我不是特别肯定。既然你的包里会飞进来你不认识的玩意儿，那么你卡里的钱也会莫名其妙地飞走。回头找台ATM机核对一下自己不值得被信任的记忆吧。

"明天我就不去上班了吧？"小邵小声问我。

"别去了，正好休息一段日子。"我并没有控制自己的语调，就像是在跟她说着一场普普通通的休假。

这会儿，她被监控拍下的作案现场已经让人调出来了吧？天罗地网，按图索骥，物业很快会落实她这个偷猫贼的。如果失主还报了警，她明天一早照旧去上班，十有八九，警察会在可可喜礼烘焙店门口等着她。

车子上了机场高速。有什么东西令我感到安宁。失业五个多月以来，这种感觉对我而言已经久违了。毫无疑问，我现在身处一桩事件当中，但并非仅仅是这桩事件令我有种尘埃落定的感觉，好像什么该来的东西终于来了似的。下个月三号，小邵和我在一起就满两年了，我比她大十岁，可两年来我从未有过保护她的机会，或者说，我从来没有感觉到自己有着能够保护她的能力。现在，她坐在我的身边，怀里抱着一只用来充当我儿子的猫，一种我未曾巴望过的责任感在胸中油然升起。我甚至有些感激小邵。她让我品尝到了未曾品尝过的荣誉,但却并没有给我造成超限的重负。想一想吧,她不过是偷了只猫,这几乎是我所能承担的责任的极限——如果她杀了个人呢?天啊,我还是不要这么想下去了吧。

小邵在喂猫。她没忘带着那两罐猫粮。她用手指挑出一团肉泥塞在猫嘴里,缩回来后伸进自己嘴里吮一下指尖,然后重复同样的动作。鲁西迪或者巴别尔很配合,真是只乖猫,配得上这两个高级的名字。我有些无聊,习惯性地摸出手机翻看。我百度了一下"美短"的词条,结结实实增长了关于这种猫的知识。

美国短毛猫是原产于美国的一种猫,其祖先为欧洲早期移民带到北美的猫种,与英国短毛猫和欧洲短毛猫同类。该品种的猫是在街头巷尾收集来的猫当中选种,并和进口品种如英国短毛猫、缅甸猫和波斯猫杂交培育而成。

不是吗,这很复杂,基本上已经将我所能实践的繁育路径堵死了,我不可能这样杂交出一个儿子。

美国短毛猫素以体格魁伟、骨骼粗壮、肌肉发达、生性聪明、性格温顺而著称,是短毛猫类中的大型品种。被毛厚密，毛色多达三十余种，其中银色条纹品种尤为名贵。

瞧瞧，原来这只有着银色条纹的货还是它们猫类中的贵族。

1620年的秋天，"五月花"号离开英国港口，驶向了大洋。事实上，离开港口时，许多老水手都怀疑这条只有二十七米长的木头帆船是否能顺利到达彼岸。船上一共有一百零二人，一些必需品和十几只猫。经过三个多月艰难的海上挣扎，他们来到了一个安静的港湾，那里有很多鱼虾，海岸不远就是一座小山，山间泉水叮咚。这一切的一切，就像是上帝为他们安排好的。从此以后，"五月花"号上的人们开始在这片土地上安居乐业，开始了新的生活。后来，这里就成为了美国。而当初船上那些用来抓老鼠的猫，随着"五月花"号来到新大陆，开始在北美一带生长。它们见证了美国的发展，是美国的开国功臣，经过多年不断的繁殖，终于确立了北美洲短毛猫种。

不，这不是幻觉，我真的认为，此刻自己正置身于一艘二十七米长的木头帆船上，真的认为，有一个宁静的港湾在彼岸等待着我们。

两个多小时后我们在峪口镇的一家小旅馆住下。

房间里有份当地的商业指南，我在上面看到了一家生产加油设备的公司，于是恍悟到自己为什么点名要到这儿来了。我的前女友供职于这家公司，好像已经干到了年薪不菲的高管。我当然不会想要去找她。"五月花"号在海上漂流时，船上的人会想到走亲访友吗？我只是有些惊诧于人在每个瞬间做出的决定背后那些奇怪的动机。

旅馆对面就有一家工商银行，从窗户望出去，可以看到银行开放着的ATM机。我得去检验一下我的记忆，这是我眼下必须首先落实的一桩事儿。

还好，余额显示几张卡里的数目甚至比我记着的还要多一些，我琢磨着差不多够我们过半年流亡的日子了。

离开ATM机，从透明的玻璃门出来，街边儿一个抓狂的男人引起了我的注意。跟很多车子在半路出了故障却束手无策的人一样，他正在以那种好像被规定了的动作踹自己的车。那是辆不算很旧的2012款奥迪。

我在他身后瞧了一会儿，决定过去帮帮他。这可能跟我的心境有关，我刚刚确认了自己口袋里的钱数，它超出我的预期，尽管这看起来毫无疑义就该是我的钱，但我还是觉得领受了不配领受的优待。所以我觉得我该做点儿什么。

抓狂男人对我的到来有些犹疑，他长了张警惕性很高的脸，而且左眼眶里好像装的是一颗玻璃义眼，神气看来跟我一样，也是个不太能理直气壮接受优待的家伙。我却理直气壮，因为这次是我在优待别人，还因为，我学的专业就是机械制造与自动化。车子的毛病并不大，犯不着被他当街怒踹，不过是火花塞的电极积碳太多。他车上就有化油器清洁剂，简单清洗一下，起码能保证他开回家去。

三十分钟后，车子顺利打火，他下了车，好像下了很大的一个决心，硬塞给我两百块钱。这可是我未曾想到的。直到这辆车从马路上消失，我才意识到，我在这个夜晚，在峪口镇的路边儿，赚到了此生理论上符合自己专业能力的第一笔钱。

我的情绪因此有些紊乱，分明感觉受到了某种启示。不远处有个烧烤摊，我过去给自己要了两瓶啤酒，还有鸡翅、土豆、五香豆干。这像是在犒劳自己，但我知道不是，我没干什么配得上犒劳的事儿。有些念头在脑子里隐隐约约地浮动着，我连吃带喝，更像是在给自己压压惊。

这里距离北京城中心也就不足一百公里吧，但夜晚却显得如此的荒凉。

摊主是位大婶,差不多是一副厌世者的表情,她像个男人似的把汗衫的下摆卷到胸口,毫无忌惮地袒露着大半个下垂的乳房。没什么生意,她就在我身边坐下了,我给她倒了杯啤酒,她头都不抬地接过去一口给干了,好像心里也有什么惊需要压一压。我向她打听镇上有没有租车的,她摇头说老子不知道。

回到旅馆房间,小邵已经睡着了。那只猫好像也睡着了,腆胸迭肚地枕着她的胳膊。一时间我有将它拎起来从窗子扔出去的想法。我没想伤害它。我只是想,如果那样的话,它没准就会一路小跑着回到天通苑去吧?不是说猫狗都认路吗?但我立刻打消了这个念头。我不能确信,这只美短真的棒到能够像一辆装了导航的出租车,即便它叫鲁西迪或者巴别尔,即便百度上说美短们脾气温顺,性格活泼,对"外界的事物充满好奇和探索的欲望"。

我在另一张床躺下,依靠想象着自己正躺在漂流的"五月花"号上而睡去。

天通苑业主群里的信息并不是我所预计的那样。他们去调监控了，可是，你知道，既在情理之内和意料之外，又在情理之外和意料之内——摄像头坏掉了。

群里的舆情转而倒向对物业的谴责。说是物业已经承诺，两天内修好亚洲最大的居住小区里所有坏掉的摄像头，并且对其他有可能拍摄下偷猫贼的摄像头逐一进行画面甄别。这两项工程可都不小。对此，我竟多少有些遗憾。我一直忍着没去看手机，多少是有些期待当我打开微信时，铺天盖地，都是我的小邵行窃时的画面吧？在我的想象中，那应当是网络上传播的那种灵异事件的镜头，一帧帧不甚连贯的、抖动的画面，自上而下的拍摄角度，无声闭合的电梯门，幽灵一般现身的怀抱赃物的女子。

有人提议报警，但淹没在其他的信息里，业主们各自扔垃圾一般往群里扔着各自感兴趣的内容，"海带别凉拌了，加它一起炒，净化血管"什么的。亚洲最大的居住小区在本质上和峪口镇没什么不同。有人在偷猫，有人在学着用海带净化血管，有人刷手机刷出了腱鞘炎，有人死于心碎，但彼此并不在意。这有些令人伤感。我更加不想谴责我的小邵了。

她一大早就在侍弄她的宠儿，给它吃吃喝喝，扶着它的前肢让它在床上直立行走。我恍然记起,小邵原本是一个开朗的姑娘。她当然是,否则我也不会在可可喜礼烘焙店里第一眼看到她就被她吸引。这姑娘散发着糕点的气息,瘦而高,不像甜腻松软的蛋糕,像我喜欢的桃酥或者江米条——在我看来,这是点心中有着正派气息的那个阵营。我靠什么吸引了她呢?不知道,或许是我腋下夹着的《午夜之子》。

我出去买早点,从《午夜之子》想到猫的主人——他把自己的猫叫巴别尔,这让我将他视为了同类,我们如同潜伏在天通苑中的两个单兵。此刻,在峪口镇的晨风中,我第一次为这件事感到了一丝内疚。我努力想象了一下,如果,有人从我手里夺走了什么宝贵的东西,我将怎样?但这个假设竟无从展开,因为我一下子想不出什么才是我手里"宝贵"的东西。我不知道原来自己是这么一无所有。差强人意,小邵于我,算是个"宝贵"的吧?当然是!但拿她来和一只猫类比,又十分不恰当。

峪口镇下起雨来。和北京城里一样,也是那种不易觉察、像是空气里飘着一层有些黏腻的浮油的雨。

拎着豆浆油条回来时,走到小旅馆楼下,我抬头看到二楼房间的窗子玻璃后贴着小邵和猫的脸。她举着它的一只前爪向我打招呼,她和它的脸都有意挤在玻璃上,两张脸被压变了形,人脸和猫脸空前地相似起来,差别在弥合,共性在显现。雨虽然下得不易觉察,但落在窗子玻璃上依然形成了水渍,令这面窗子整体上看来都有些像是一张哭泣的猫脸了。

没错,小邵在犯浑,在发神经,她偷了只猫,她神神道道地将这只猫命名为鲁西迪,她让这只偷来的猫做我的儿子。可我现在没法儿让她清醒,让她回归人类理性的"正当性"中去。我做不到,也不想立刻那么做。回归人类理性的"正当性"中去,那意味着什么呢?嗒,那是每天早上我爬起来将她送到地铁口,如果下雨,就脱下皮肤衣给她穿;是我回到家里继续去睡一个失业者的回笼觉;是晚上她给我带回的一包桃酥或者我给她准备的泡面、苏打水——这些,的确也谈不上有多么值得回归。

她用旅馆的毛巾给猫扎了个头巾,这令鲁西迪看上去很像一个襁褓中的婴儿了。我从侧面看,它的鼻梁到额头有一条柔和的曲线相连。这条曲线真的触动了我的心弦,它给钢筋水泥的世界划出了一道温柔的弧度,就像是给空房间挂上了一道被风吹送着的窗帘,于是时空弯曲,不再显得那么刚硬。

小邵将猫递给我，这次我没拒绝。我能够感觉到它的健壮，就是人类婴儿中那种肉墩子的手感。这货的确是强壮有力、肌肉发达的，让人觉得有股积极向上的蛮劲儿。把它抱在怀里，我感到也有一条柔和的曲线将我们，将我，小邵，还有鲁西迪温柔地相连了。

我重新离开了房间，在楼下向店主打听镇上有没有租车的地方。他是个胖子，和昨夜烧烤摊的那个女摊主出奇地像。如果说那个大婶像是个男人，那么眼前的这个大叔就像是个女人。他也是一副厌世者的表情，用一口扭捏的语气跟我说不知道呦。

我走到旅馆门前的屋檐下抽烟，想了想，试着拨通了前女友的号码。我需要一辆车。当然叫一辆出租车也不是不可以，但我还是想要一辆由自己来驾驶的车。这没什么道理，我只是觉得自己驾车更符合眼下的剧情。公路，远方，乃至亡命天涯的想象。没错，内心戏罢了。我在天通苑睡了五个多月的失业回笼觉，现在想透透气。

电话竟然接通了。我又一次受到了优待，当然，依然有些不配。你要知道，这个号码我至少有五年没拨过了。王力，我的前女友，并没有应声而来。她说她正在开会，会让人把车给我送来的。我站在屋檐下继续抽烟。雨终于下大了，风把雨丝吹到了我的脸上。

车是一辆新款的东风标致3008。送车的是个年轻女孩，穿着大公司女性从业者的那种职业裙装，身材真是好极了。她用客服一般的声音跟我说，王总实在走不开，她让我跟您道歉。我的确有些失落，好像心里真的还是有着想要见到前女友的愿望。可是见她干嘛呢？难道要把鲁西迪展示给她看吗——喏，瞧瞧我的儿子。

"你跟王总说，车子我用一段时间，还车的时候我再联系她。"

"好的。"

她说"好的"这两个字的神态和发音，让我一瞬间有些恍惚。记忆里，王力也喜欢说"好的"，也是这样的神态和发音。我都怀疑其实她就是王力，就是那个跟我杀戮一般谈过一场恋爱的王力，起码是做了个什么整容手术、青春永驻了的王力。

油箱的油是加满的。这辆车很合我的心意,我是说,SUV,车型基本和我的内心戏吻合。和我谈过一场杀戮般恋爱的王力还是了解我的。小邵和猫坐在后排,上路时,我手握方向盘的感觉,脚踩油门的感觉,就是那种有着"责任感"并且终于将这份"责任感"付诸实施了的感觉。

"嚯!牛肉,牛肉汁,牛肝,牛肚,牛肺,牛肾,啤酒酵母,焦磷酸四钠,鱼肝油,肉桂……"小邵压根儿没问我车是哪来的。她在后排大声读着那罐猫粮罐头盒上的标签。

"嚯!谨记猫咪的营养需求是根据个体活动量,新陈代谢,健康程度和周围环境而变化的。嚯!如果你的猫咪肥胖建议少量喂食,如果你的猫咪瘦弱建议加量。嚯!"

我知道,她"嚯!嚯!"的感叹,也是在终于付诸实施了某种"责任感"的情绪之中。

"嚯!猫咪体重四至六公斤,每日喂食一至两罐——嚯!喂少了!"她喊道,"我们喂少了!——你买得太少了!"

"没事儿,可以先买些火腿肠。"我安慰她。

在高速公路的入口,我选择了去往唐山的方向。我并没有一个明确的目的地,只是有一些朦胧的念头。这不要紧,我想,将近四百年前的那个秋天,当"五月花"号离开英国港口驶向大洋时,也没有一个明确的方向作为它的彼岸和目标,久经风浪的老水手们心里也没什么底儿,然而所谓梦想,不就是这么无中生有的吗?

往唐山去。至少那儿肯定能买到进口的猫粮。

猫在后排不停地叫。起初是小邵"嚯"一声,它响应一声,后来小邵没声了,它依然有声有色地叫着。听得出,它挺快乐,没准是在唱歌,它已经度过了易主的不适期,开始展现它生性聪明、性格温顺的品种优势。

我们之间不再有隔膜,在这辆东风标致3008的车体空间里,我们很和谐。也许,它的主人,那位读《骑兵军》的单兵,能给它提供更具专业水准的喂养,但它一定少有长途的旅行,它的生命里将缺乏将脸挤在小旅馆窗子玻璃上的体验,将失去暂时用火腿肠替代进口牛肉罐头的机会,将不能被裹在皮肤衣里被抱来抱去,将无从感受人类做贼后的心情。我从后视镜里看到它趴在车窗上,如痴如醉地盯着高速公路一侧闪过的风景。

车外的风景也令我有些痴醉。不过是北方初秋的寻常景致,但我却觉得道路笔直,内心笔直,乃至眼前下着脏雨的风景都变得好像天高云阔。

在津蓟高速的一个服务区,我看到了猫主人发出的求助信。小邵抱着猫下车去买火腿肠了。我独自坐在车里翻手机。那的确是以一封信的形式发出的信息,开头写道:尊敬的巴别尔的新主人。

这是指我,我可以确认。

读《骑兵军》的先生在信中哀求,请"尊敬的巴别尔的新主人"将猫还给他们,他相信,"尊敬的巴别尔的新主人"一定也是心地柔软、充满了善意的爱猫人士。

没错,是的,我想,虽然我不是特别爱猫。

但是,请将巴别尔还回来吧!它的妈妈不能失去它。自从它丢失后,它的妈妈就失去了活下去的勇气。

我连贯着看了两遍,最后确信,巴别尔的妈妈,是那位坐在轮椅上的女主人。

刚刚,她被送进了医院,清晨的时候,她企图割腕自尽。

不,这不是真的。不,这就是真的。如果不是置身其间,我会将这个"妈妈"的行为视作疯癫和不可理喻。可现在我不这么想。我所能想到的,是在天通苑这个亚洲最大的居住小区里，有一套房子，男主人是读巴别尔的小公务员，女主人瘫痪在轮椅里，他们养了一只猫；如今，猫被人偷走了，女主人失去了活下去的勇气。我能理解这样的生活，因为，昨天我也差不多就是这么活着的。

男主人在信的末尾恳切请求大家尽可能地转发这封信。他说，他相信，巴别尔没有离开天通苑。

巴别尔没有离开天通苑。

可是巴别尔此刻在津蓟高速的服务区。这个认识突然令我感到了痛苦。

三年前我妈走了，最初的日子，我知道她已经烧成了灰，可我也时常相信我妈没有离开天通苑。

我得承认，所谓坚强，应该意味着承受痛苦而不是增加别人的痛苦。

小邵上车后我跟她说的第一句话是："小邵，我们得把猫还给人家。"

她沉默着。我回头看她，看到猫也在眼巴巴地看着她，发现我在回望，猫又扭脸眼巴巴地看看我。我把手机递给小邵，它也跟着伸出前爪来接。

许久，小邵抽泣起来。猫伸出舌头舔她的脸。

"他说了，尽管巴别尔自己懂得调节食量，还请我们不要放纵地任由它乱吃。他还说，除了要控制食物的适量，更需准备一些玩具让它玩耍和运动。我们需要给它准备干净的饮水，这样它才不会去喝马桶里的水……"

她不停地翻看着手机里的信息，似乎因此就找到了对方已经赋予了我们偷走这只猫的权力。猫忧郁地看着她，看着忧郁的她，时而还点点头，表情是那么的烦恼。

我收回了手机，在上面搜寻我需要的内容，然后，发动起车子继续上路了。

一个多小时后，下了高速，按照导航的线路，我找到了唐山市区的那家宠物店——门脸儿很漂亮，像童话里的城堡，墙面刷着黄漆，落地窗分成了许多格子，每个格子的后面都有一张猫脸或者狗脸，哦，还有几张兔子和仓鼠的脸。我把车停在路边，点着了一根烟。小邵一声不吭，但我确定她能够明白我的意思，店面上"宠物寄养"那四个字她肯定认识。

"可是，它怎么才能回去？"

我很庆幸，她现在关心的是个技术性的问题。我告诉她，没问题，我都会办妥，喏，我现在就在群里把失主加为好友，我会告诉他路线，发定位给他。

"老王，我爱你。"小邵说。这句话很突然，却又并不显得格外突兀。

我的心里被某种奔涌的东西所填满。我发现，此刻我所爱着的小邵，并不是仅仅靠着桃酥和江米条的正派气质吸引着我，毋宁说，是一个江米条一般正派的姑娘从电梯里走出来，走进摄像头，带着难以言说的神秘和激情，走进了我的爱里。

她偷了只猫回来，给我们平庸的生活窃取到了一场振奋人心的逃亡，现在，她完全用不着我用什么自己都没想明白的"正当性"来说服她，她自觉地将澎湃的旅程轻轻地减速，仿佛做爱之后一声动人的叹息。

我几乎可以肯定，许多年之后，小邵她一定会对我说，这一切，其实就是她"蓄谋已久"策划出来的。

小邵抱着猫下了车。

细雨始终在下，我也下了车，脱掉皮肤衣给她披在肩上——就像昨天早晨，我把她送到地铁口时所做的那样。那时，望着她汇入人流的背影，我的心里如同被塞进了整个天通苑、塞进了亚洲最大的一个居住小区般的肿胀。

"给店主多留些钱。"我叮嘱她。

她点了点头，将猫脸举在我眼前，让它的黄眼珠对着我的黄眼珠，让它的嘴碰了一下我的鼻梁。清凉湿润，并且有少许的黏液。我觉得我是被某种巨大的事物冲撞了一下，这感觉促使我闭上了眼睛来静静地感受。

睁开眼睛时，小邵已经向马路对面走去，猫趴在她的肩头，扬起前爪跟我道别。

我开始摆弄手机。猫主人可能一夜之间加入了所有天通苑业主们的微信群。他的头像就是一颗猫头。我向他发送添加好友的申请——

巴别尔没有离开天通苑

他几乎同一时间通过了我的申请。我发猫的照片给他，发定位给他，拍下路对面店铺的门头给他，转账一千元给他。自始至终，我没跟他说一句话。其实，我渴望跟他说点儿什么，说说巴别尔，说说鲁西迪，说说人的痛苦和在痛苦中宗教般的臣服之情，说说人就像被关进了一个冠以了好运气之名的监牢里的囚徒，说说你是个囚徒，但你得感激这样的囚禁。可我没这么做。飞快地做完了该做的事情，我就删除了他。我克制着自己内心的火焰，犹如一个单兵和另一个单兵的决裂。

回来时，那件皮肤衣不在小邵的肩上了。

她坐进车里跟我说："也许，巴别尔还会用得着。"

巴别尔没有离开天通苑。

但是我们要离开天通苑了。

我们继续上路，向东行驶。那是我能够想到的距离海岸最近的方向。不是吗？没有了一只美短，"五月花"号依然要去靠岸。

先前某个朦胧的念头以一种令人心情振奋的方式在我眼前清晰起来。它或者它们降临得让人无从说明，我只能用"令人心情振奋的方式"来形容。是的，我甚至搞不清是它还是它们，就像你很难想象同一个点上能站两个天使，也难以想象一堆天使不分前后同时涌现。但这的确就是我现在脑子里的景象。

上个月，苏伟找过我，她的合伙人要办一家分支机构，她问我愿不愿意把天通苑的房子租给她，她每个月出两万块钱。这是个合理的价格，她说，你完全没必要住这么大的房子嘛，在小邵上班的地方找个小点儿的，这样房租的差价等于让你赚了一笔，彼此也乐得方便。我拒绝了她，不是因为感到自尊心受了伤害，是一旦想象离开天通苑，我就会有种没来由的恐惧。天通苑对我而言，是老天额外的优待，脱离这份优待我会想象自己将从生活的夹缝中掉下去。

可现在一堆小天使般的念头挤在我的脑子里，我那沉重的、自我囚禁的命运感开始在高速公路上松动。

天使们对我说，一切仍是老天以万物为刍狗之余对人的怜悯，这次恰好又落到了我的头上，鉴于我生活在某种根本性的谬误中，于是：小邵偷了只猫，于是我们被迫离开，于是这只猫让我们登上了"五月花"号，去往另一块应许之地。中途一位细心的天使还给我设计了一辆抛锚的奥迪，她装扮成一个装着玻璃义眼的男人，启发我萌生出靠手艺吃饭的想象。

那么好吧，蓝图不就是这么绘制的吗？我将在海边开家汽车修理铺，我卡上的钱也够给小邵开家烘焙店。我会把天通苑的房子租给苏伟，光这份钱估计就够我们在海边过上简单朴素的生活，这也许才是我十二岁时老天赐予我这套房子的本意。我们将逃离亚洲最大的居住小区。在那座大城里，你总是要对命运心怀恐惧的感激和感激的恐惧，总是像一个贼，仿佛这感激与恐惧交织的日子都是从某个庞然大物的家伙那里偷来的，你总像是欠了谁的；在那座大城里，学机械制造与自动化的干着开饭馆的活儿，猫粮和干拌面一起摆在超市的货架上，人在微信群里满足着自己的虚荣心，刷手机刷出了腱鞘炎，许多人不敢生孩子所以只能去养猫，失业者在回笼觉里继续承受着匍匐在地的梦魇。

好了，一切至少应该来一次暂停。小邵不应该再去偷一只猫来给我做儿子，天经地义，我们能自己生一个，我们能够也应该活在自己可以简单理解的秩序里。我愿意相信一个安静的港湾在前面等待着我们，那里有很多鱼虾，海岸不远就是一座小山，山间泉水叮咚。如果这样的缓冲真的能实现，那当然仍是一个来自老天的优待；如果这样的缓冲真的能实现，我仍会虔敬地认为，那依旧是一个我不配领受的优待。

但是管他的呢，巴别尔没有离开天通苑，这会儿，我的鼻子却已经闻到了海风的味道。况且,既然巴别尔没有离开天通苑,我们就该更有勇气去过真正的生活。

                         2017年8月3日

                         丁酉闰六月十二

                             香榭丽

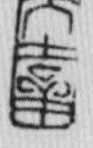

Part 02

缓 刑

漂亮的小女孩按下了遥控器的发射键。机械战警举起右臂发射，超能激光炮的弹头击中了她爸爸的小腿。她爸爸压根没注意到这次袭击。超能激光炮的弹头不过是软塑材质做成的，打在人身上的确不会造成任何痛感，可能连隔靴搔痒都算不上。倒是弹头前端的吸盘如果击中玻璃或者瓷砖，便可以吸附在上面，给人带来命中了靶心的快感。

射击后的机械战警扬扬得意地嚷嚷着：

"我的超能激光炮，可以轻易地摧毁敌人！"

然而"敌人"却没有被轻易摧毁，照样忙着自己的事儿——她的爸爸妈妈正在别无旁骛地吵架。

也许就在一分钟前，他们的意见还是一致的，在共同抱怨着航空公司。

"真是过分,已经延误四个多小时了,"她爸爸对她妈妈说,"前序航班还没起飞!要么干脆通知取消算了,这样半个小时通知一次,半个小时通知一次,没完没了地推迟,完全是给人判了遥遥无期的缓刑,还不如来个痛快的!"

"没错,长痛不如短痛,这也太磨人了。"她妈妈对她爸爸说,"——就像我们的婚姻一样!"老天有眼,也许这时她妈妈并没有挑衅的意思,只是想更加充分地附和她爸爸,不过是随口举了个硬邦邦的例子而已。

于是,跟往常一样,说吵就吵了起来。

"我没想磨你,从来没有,"她爸爸不满地说,"是你提出来的,全家最后旅行一次,然后各奔东西。这是你的意思,没错吧?你不觉得我这是在迁就你的想法吗?海南岛?八月份!只有疯子才会挑这样的时候往一口沸水锅里跳。"

"沸水锅?只有疯子才会这样污蔑海南岛!"她妈妈轻蔑地说,但气愤得都有些结巴了,"只有一个疯子才会把这个季节去海南度假的人看做疯子,而你就是这样一个疯子。你有点儿常识好不好,现在的海南岛可是旅游的旺季。你总是这样,总这么自以为是,认为全世界的人都是傻瓜,只有你把一切都看明白了。"

"好吧，"她爸爸控制了一下情绪，报以同样冷淡而轻蔑的语调，"我是自以为是，不像你，天生就是一个盲从的女人，全世界的人都拥向一个破岛，于是你也得冲上去。这就是你的白痴逻辑，要活得跟别人一样，要向所有人看齐，哪怕去跟着别人吃屎。"

"我这辈子最大的盲从就是盲从了你！"她妈妈叫道，"别说什么缓刑了，嫁给你的第一天我就被判了缓刑！这是我一生最后悔的事！"

候机楼里应该是凉爽的，但外面盛夏的重力似乎能够挤压进来，空气中的凉爽都显得沉甸甸的。所以她妈妈给自己披上了一条披肩。

漂亮的小女孩走到她爸爸身边，弯腰捡起跌落在地上的超能激光弹头。她爸爸穿着短裤，裸露的小腿上密布着黑黢黢的腿毛，难怪弹头不能吸在上面。这台机械战警是刚进候机楼时买的。三个小时前，漂亮的小女孩没有选择她妈妈推荐的芭比娃娃，她爸爸还试图说服她，那时候，他们的立场还是一致的，认为既然所有的小女孩都应该选择一个芭比娃娃，那么，他们的女儿也应该"盲从"着来一个。

"这个我们倒是没有分歧了，"她爸爸说，"最后悔的事，嗯，我也认为我们倒是在这件事上成功地合作了一回——'一生最后悔的事'！你瞧，这件事让我们共同给办成了！"他发现了蹲在自己腿边的女儿，烦躁地揉了揉小女孩的头顶，继续说：

"有时候我都后悔干嘛生出小囡，真是造孽！"

"造孽？"她妈妈气得发抖了，从座椅上站起来大声质问，"是你造孽还是我造孽？这种事情，不是你们男人在'造'吗？"

"这家伙可真威风啊，"她爸爸低头看看那台穿着白色铠甲的机械战警，对小女孩说，"让它去摸摸情况，看看我们的飞机几点钟起飞。"

"好，我想它一定可以完成任务。"漂亮的小女孩蹲着，温柔地说。

"当然，没问题，据说它还可以跟人对话，你试试吧。"她爸爸笑着说，并且再一次揉了揉她的脑袋。

"好的，爸爸，放心吧。"漂亮的小女孩站起来躲闪着，她怕被搞乱了头发。出门前她妈妈特意为她卷了刘海，并且给她系了根粉色的发带。

"他没什么不放心的，"她妈妈突然插话道，"他当你是个孽种，他后悔造出了你。"

她爸爸站起来，一把揪在她妈妈的肩膀上，使劲扳动着，好像让她妈妈换一个方向，就能扭转了自己此刻的怒火。

她妈妈背转过去，但小女孩能猜出她妈妈哭了。

"去吧，"她爸爸做着鼓励的手势，"别走远，机械战警完成了任务就立刻带它回来。"

也许，回来的时候他们就和好了吧？漂亮的小女孩一边遥控着机械战警转向，一边想，没准，他们又会共同商议着再买一个礼物给她。他们总是这样，每次争吵之后，都会变着法儿地想要讨她的欢心，踊跃地比赛着谁更能打动女儿。对此，漂亮的小女孩早已经习惯了。

"和你结婚是我一生最后悔的事！"她听到她妈妈在身后呜咽着喊。她想自己还是走远一点吧。

机械战警滑行着前进。它大约有三十多厘米高，个头差不多超过了小女孩的屁股。它跑得太快了，干劲儿十足的架势。漂亮的小女孩还没学会熟练地控制它，被它的速度带动，跟随的脚步不免显得有些狼狈。不知道按下了遥控器上的哪个键，它开始一边跑一边跳起舞来，并且发出动感十足的音乐。漂亮的小女孩想要阻止它不体面的行为。候机厅里人来人往，这让漂亮的小女孩觉得有些难堪。但是它我行我素地嘚瑟着，还回头大声问她：

"长官，我的机械舞还不赖吧！"

"嘿！"一个背着小黄人双肩书包的男孩斜刺里杀出来，嚷嚷着："这家伙，跟我的一模一样哇！"

看到自己的玩具被人从地上拎了起来，漂亮的小女孩才注意到这个跟自己年纪差不多的男孩。

"放下它，你要等我关了按钮才能去碰它。"她向男孩指出正确的操作规程，那是售货员当时告知过她的，她说，"否则可能会有危险，没准它能弄伤你。"

"没事儿，别大惊小怪的，我对它熟着呢。"男孩仍然把机械战警举在手里。看起来他的确挺在行，只抓牢了机械战警的一条腿，并且和自己的脸保持着一定的距离，任由机械战警徒劳地扭动着，他说：

"我在家经常这么玩儿它。"

这个男孩也穿着短裤，令人吃惊的是，他的小腿居然也长着黑乎乎的腿毛。这让他看上去完全是个小孩中的实干派。

"你还是放下它吧……"漂亮的小女孩憋不出什么更有效的话。她试图用遥控器停止机械战警的运行,但是她一下子按不准停止键。她感到了沮丧,因为刚刚在她心目中还是很威武的机械战警,此刻无助地被一个长着腿毛的小男孩轻松地俘虏了。她叹了口气,说:

"我们还要去执行任务。"

"什么任务?"男孩立刻兴奋起来。

"我们要去摸摸情况,看看飞机几点钟起飞。"漂亮的小女孩郑重地说。

"OK!"男孩竟爽快地答应了。他放下了机械战警,过来不由分说从小女孩的手里拿走了遥控器,自告奋勇地说:

"我来和你们协同作战!"

直到男孩指挥着机械战警走出很远后,漂亮的小女孩才茫然地跟了上去。她远远地看着自己的机械战警随着男孩来到了一个问询台前,看着男孩向一位地勤人员煞有介事地说着什么。她站在远处,感觉自己只能做一个旁观者,感觉自己正在被一件重大的事情排除在了外面。

男孩掉头向她走回来了。机械战警先男孩一步来到了她的脚下。她很想也弯腰把滑动着的机械战警抱起来,但她有些犹豫,她牢记着售货员叮嘱过的操作规程。好在男孩让机械战警停了下来。停下之前,男孩还卖弄地遥控着机械战警绕着她转了一圈,然后,又驱动着机械战警在自己的腿边转了一圈。

漂亮的小女孩失措地站在原地,眼睛跟随着机械战警"8"字形的运动轨迹,感到更加无助了。

"报告,任务完成,"男孩努力想要表现出自己的某种优势,脸上刻意地做出了一些和自己实力并不相符的讥讽的表情,"敌机预计将无限期延误,不是天气原因,是因为空中管制!"也许是因为说出了自己并不能理解的术语,男孩忘记了扮酷,气哼哼地强调道:

"这跟我爸说的差不多。"

"你爸说什么了?"漂亮的小女孩问道。她想,另一个爸爸的结论,也许能够完美地用来完成她爸爸布置给她的任务。

"我爸说,"男孩皱起了眉头,试图准确地还原他记着的话。过了会儿,那句原本在他听来是一句耳旁风的话终于被他想起来了,于是,他拿腔拿调地复述道:

"嗯，我们这会儿是一群被判了缓刑的家伙。"

漂亮的小女孩有些吃惊，觉得有什么记忆被唤醒了。好像自己的耳旁，也曾经刮过同样的一阵风。这让她有些恍惚。

"可是，你并不知道我们要坐哪一班飞机呀？"漂亮的小女孩发现了问题的症结。

"都一样，"男孩不耐烦地说，"所有的敌机都一样，没一个准时的，都被管制啦！"

他重新启动了机械战警，娴熟地操控着，可能已经产生了错觉，认为自己此刻就是在操控着属于自己的玩具。

"噢，好吧。"漂亮的小女孩只好接受了他的解释。

起初他们跟着机械战警漫无目的地行进了一段，然后又折回来。当机械战警撞上了一位旅客的腿时，漂亮的小女孩负责地向对方道了歉。她跟在男孩身后，渐渐似乎也接受了这样的局面——他拥有着绝对的支配权，而她不过是游戏的观众，或者顶多是一个负责善后的助手。

男孩玩得熟练极了。机械战警在他的指挥下做出许多令小女孩惊讶的动作。它的眼睛是两组LED灯，漂亮的小女孩想不到随着这两组灯的变化，机械战警的脸部竟然可以做出许多不同的表情。更加令人惊奇的是，它还能感应人的手势，男孩把自己的手靠近它的脸部，做出前进或者后退的指令，它就真的能照做不误。漂亮的小女孩看得着迷，她好像已经忘记了自己才是这台机械战警真正的主人。

"想要全部开发出它的功能，你得先开发自己脑子的功能。"男孩对她说。他演示给她看，让机械战警试着匍匐前进，但是他失败了。

"可怜虫。"她说。

"你是在说我吗？"男孩瞪着她问。

"不。"她指指趴在地上做着瑜伽姿势一样的机械战警。

男孩气不打一处来，勒令机械战警爬起来，一口气打光了五颗超能激光炮。

当男孩遥控着机械战警随着一支队伍鱼贯消失在某个登机口时，漂亮的小女孩依依不舍地挥手向他道别。她远远地看着，登机口两边巨大的玻璃幕墙涌进的白光，令她仿佛站在一个不属于自己的世界之外，或者，像宇航员在太空上望着人类孤独的星球。她觉得男孩和机械战警是融化进了那片弥漫的白色之中了。

候机厅很嘈杂，被判了缓刑的人们发出烦躁的嗡嗡声，不时还有航班起降或者被取消的消息回荡在头顶。然而，从这一刻起，一种奇怪的寂静开始笼罩了漂亮的小女孩。她突然不再能够感知环境的喧哗，像是只身来到了一块空旷的广场。她想起了她爸爸布置给她的任务，但她觉得这个任务现在不需要马上回去交差了，因为问题的答案似乎他爸爸早就掌握了。

几位穿着制服的空姐拉着行李箱从眼前走过，她们很有纪律地排着队，无形中仿佛形成了某种向心力，令小女孩不由自主地就跟在她们后面走了一截。随后，回过点儿神的小女孩下意识地为自己选择了一个方向。她记得，那里是她爸爸妈妈给她买机械战警的地方。

候机楼太大了，不过她觉得自己能找到。

果然被她找到了，那个店面前旋转着好几个机械战警的地方，就像几小时前她和爸爸妈妈到来时一样。漂亮的小女孩觉得时间被推倒重来了一次，此刻她的爸爸妈妈就在她的身边，他们一家三口刚刚过了安检，她妈妈正在埋怨安检员搞乱了自己的行李，而她爸爸为了转移不良情绪，弯腰替她系了系鞋带后，提议买一件礼物送给她。

漂亮的小女孩远远地观望着。她忘记了自己到这儿来的初衷，或者，她走向这个地方原本就没有什么明确的意图。那几台机械战警流畅地在地面上滑动着，看上去有些表演性质的人来疯。它们有的闪烁着炫亮的激光，有的鸣响着劲爆的音乐，彼此找事，相互炫耀，看久了，这股轻浮的热闹劲儿令她感到有点头晕。

她想要喝水。但是当她走向一台自动饮水机的时候，却被旁边的贵宾休息室吸引了。一眼望去，那里面的餐台上摆满了饮料和水果。漂亮的小女孩觉得喝点饮料比喝点水更能满足自己此刻的需要。她没有受到阻拦，因为她是一个漂亮的小女孩。

漂亮的小女孩在贵宾休息室里为自己倒了杯芒果汁，找了张沙发坐进去。沙发很深，坐进去，她的双腿就离开了地面。她没忘了整理一下自己的裙边。她的裙子是粉色的，连鞋子和袜子都是粉色的。她妈妈把她打扮成了一个粉色的漂亮小女孩。

隔着一张茶几，她的对面是一个正在翻看画报的男人。小女孩不太能确定这个男人的年纪，看上去，他应该和她爸爸差不多大。事实上，如果没有特别大的出入，在小女孩的眼里，所有成年男性都和她爸爸差不多。但这个男人留着的胡子让小女孩没有了把握。

他的下颌有一撮修剪得非常齐整的、灰白色的胡子,但他的脸却并不是小女孩心目中那种老人的脸。他的鼻梁呈现出被太阳暴晒后的紫色,但他穿着的亚麻西装又让他不像是一个总在户外活动的人。他看起来富有教养,很深沉。

男人发现了观察着自己的小女孩。他侧脸看了看身边,似乎是要确认小女孩就是在看着他。

"嗨。"男人向小女孩打了声招呼。

"嗨。"漂亮的小女孩回应男人。

男人低头继续翻看画报,不时摸一把自己的胡子。当他再次抬起头,看到漂亮的小女孩依然在盯着他时,好像感到了有点局促。他不禁又一次看了看四周。

"你是一个人吗?"他问,"爸爸妈妈呢?"

"他们被判了缓刑。"漂亮的小女孩很老成地说,一边用吸管吮着芒果汁。

"噢,小姐……"男人想了一下,应该是领悟了她的意思,扬着眉毛说,"您说得对极了,今天真糟糕,所有人都被航空公司判了缓刑。"

男人说完双手合十顶在鼻尖下,摆出要认真交谈一番的样子。

"不是天气的原因，"漂亮的小女孩努力回想那个准确的术语，后来她想起来了，坚定地说："是空中管制。"

"嚯！"男人感叹了一声，"对，空中管制，空中有个什么东西把我们管制起来了，或者我们在空中被什么东西给管制起来了，管他的呢，不管怎么说，反正我们现在只能坐在这儿吃水果。"他面前的确有一小碟水果，几瓣橙子，两牙西瓜，一枚切成了两半的奇异果。

男人拿起了半个奇异果递给小女孩，说："吃一点儿吧，既然已经被判了缓刑。"

漂亮的小女孩将奇异果接在了手里，用他又递来的一把小勺舀着果肉吃。这枚果子很甜，是那种人工的甜，都没有水果的味道了。

"请问小姐，您这是要去哪儿呢？"男人问道。

他这么问，让小女孩想起过安检时的安检员。尽管安检员没这么问话，但他们都给人一种例行公事的可靠感。

"海南岛，"漂亮的小女孩觉得自己轻松起来了，急迫地说，"只有疯子才会挑这样的时候往一口沸水锅里跳。"

她对自己很满意，觉得自己此刻是在跟一个留着胡子的成年男人交谈，对方像一个安检员般的具有某种权威性，但此时她和他之间有一根平等的纽带——不是吗？这很棒。

她的语风再一次令这个男人感到了惊讶。他像是遇到了一个棘手的问题，不禁用手揉了揉自己的鼻子。他的鼻子蛮大的。

"海南岛……沸水锅……"男人念叨着，将面前的画报向小女孩推了推，手指点着翻开的画报，沉吟着说，"你瞧，也许没那么糟糕吧？"

画报打开的那一页恰好是张旅游广告，海浪，沙滩，花花绿绿的遮阳伞，穿着比基尼的惹火女郎。

漂亮的小女孩看了一眼那幅画面，轻蔑地评价道："很糟糕。"

同时，她想起了自己的泳装。出门前她妈妈给她也买了几件泳装，其中有一件分体的，粉色，有三种不同的穿法，吊带式，露肩式，斜肩式，小女孩在她妈妈的指导下分别试穿了这三种穿法，她妈妈由衷地赞叹，"真漂亮啊，宝贝，你真是一个漂亮的小女孩。"这样的话小女孩听得多了，她很早就确立了这样的意识：自己是一个漂亮的小女孩。没人说得准这究竟好还是不好。这会儿，她心里对自己的那件分体泳衣厌恶起来,认为穿上那件泳衣,自己也会变得和画报上的惹火女郎一样,都是往沸水锅里跳的疯子。

"好吧,是很糟糕。"男人尴尬地拽回了画报,继续说,"小姐,冒昧地问一下,您多大了?"

"八岁,"漂亮的小女孩回答,她不由自主就虚报了自己的年龄,同时她再一次整理了一下自己的裙边,"你呢?你多大?"她问。

本来她对男人的年龄是没有兴趣的,但这个男人下颌上灰白色的胡子给她造成了观念上的混乱,让她觉得自己该求证一下。

"我九岁。"男人抱着肩膀向后仰了仰身子,然后重新将身子附过来,眼睛离得很近地看着小女孩。他的嘴角挂着笑,眼神却显得有些干涩。

这个答案让小女孩很满意,好像在她心里,除了这个答案以外,任何回答都将是乏味的。

"你真是一个漂亮的小女孩。"男人伸手拍了拍她放在桌面上的左手,缩回手后,再一次又迟疑地伸出来,将她的左手捂在掌心里摩挲了一下。同时,他又下意识地看了看四周。他看起来有些不安。

"你也是一个漂亮的小男孩。"小女孩心不在焉地说。她想起了那个消失了的男孩,也想起了自己的机械战警。

"你玩儿过机械战警吗?"她向男人问道。

"机械战警?"男人认真地看着她。

"对,智能遥控的,"漂亮的小女孩打着手势说,"有旋转机械手,可以用英语对话,还会说机器语。"

"机器语?"男人认真地问。

"呜哇哇啦呼,呜哇哇啦呼,就像这样,"漂亮的小女孩胡乱地发着音,"我们听不懂,但机器人能听懂,这是他们的语言,就像是一门外语,但我想,可能没外语那么简单。"

"一定没外语那么简单!"男人很专注地附和道,伸出一根指头在空中摇晃,"反正我只见过英语词典、德语词典什么的,没见过一本机器语词典。"

"它还能讲故事,当然,讲故事的时候不用机器语。"漂亮的小女孩意味深长地看了他一眼,她觉得眼前的这个男人有点幼稚,那根摇晃着的指头,让他比她见过的成年男人都要显得愚昧一点。"它还可以发射飞弹,超能激光炮,一共五颗,"她用手指绕着自己肩上的头发继续说,

"它的战斗力超强。"

"哦……"男人喟叹了一声，说，"真的是太棒了，多迷人！"

"不，不是迷人，"漂亮的小女孩纠正道，"迷人是用来说女孩子的，对机械战警你应该说'威武'。"

"威武，嗯，威武。"男人服从地应承。他的胳膊柱在桌面上，两只手紧紧地握在一起，痛苦地互相捏着指关节，发出咔吧咔吧的声音。

"你想见识一下吗？"漂亮的小女孩问男人，有个愿望忽然在她心里出现了，她说，"没准你该去看看，哪怕就看一眼。"

其实她心里忽然出现的愿望是：没准，能让眼前的这个看上去有些傻的男人给她重新买一台一模一样的机械战警。这时候漂亮的小女孩才明确地意识到自己遗失了那台玩具。她噘起嘴唇，冲着男人浮出甜美的微笑。这几乎是每一个漂亮的小女孩想要达成什么目的时都会露出的表情，这是她们与生俱来的神秘天赋，完全用不着人来教，她们无师自通。

"当然！"男人有些激动地说，"我当然想去看看，它在哪儿？"

"离得不远，"漂亮的小女孩在心里盘算着距离。她开始歪着头啃自己的指甲，这是她想问题时的习惯动作。她知道自己不会被拒绝。两绺秀发垂在她的胸前，和领口的蕾丝花边完美地贴合着。

她说："让我想一下。"

男人紧张地看着小女孩，就像是焦急地等待着一个谜底的揭晓。

"噢……"过了一会儿，漂亮的小女孩叹了口气，她努力打消着自己心里的念头，说道："还是算了吧，我不能这么做。"

"怎么了？"男人关切地询问，他伸长胳膊，手搭在了小女孩的左肩上。

"你知道，嗯……"漂亮的小女孩扭动着肩膀，却并没能摆脱掉他的手，也许是她表达得还不够坚决。她不知该怎样回答他，因为她自己也说不清楚。她只是明确地意识到自己不应该接受一个陌生人的馈赠，她爸爸这么教导过她，她妈妈也说过类似的话，在这个观点上，她的爸爸妈妈是一致的。

"也许，你一见到它就会想要买下它，"她为难地说，"可是也许你其实并不需要它。"

"我肯定会买下它，"男人温和地说，轻轻捏了捏她的肩膀，"就算我并不需要它，但我可以送给你啊。"

漂亮的小女孩受到了空前的诱惑。他就像知道她的心思一样，自己说出了她难以启齿的话。这种心愿得逞了的成就感太令人兴奋了，以至于漂亮的小女孩在一瞬间感觉都喘不上气了。她的心跳得快极了。

"噢，不，我看还是算了吧，"她既像是在跟男人说，又像是在跟自己说，"还是不要了"，她很紧张，努力保持着迷人的微笑。"我想我得走了。"说着她跳下了沙发，慌乱地向外跑去，好像要竭力挣脱什么。

她感觉自己是在跟什么东西赛跑，如果跑得稍微慢一些，就会被一把抓牢。

跑出了贵宾休息室，漂亮的小女孩跑上了一条步行扶梯。她隐约记得进入候机楼后，她和爸爸妈妈走过很多条这样的扶梯。但此刻爸爸妈妈并不是她的方向，至少，不是她全部的方向。她只是下意识地想要去往一个"远一些"的地方，和某个令人纠结的念头拉开距离，好像只要自己跑开了，那个念头就会留在原地，不再能困扰她。

拿过奇异果的手沾着果汁，黏黏的，她一边跑一边举着手，好像要把这种黏腻的手感奉献给谁一样。她内心的竞赛激烈地进行着。她从来没有被这样丰沛的情绪笼罩过。她感到了害怕，感到了渴望和失望交织在一起，还有一点点的伤心难过。

步行扶梯上的人大多数都站立不动，任凭扶梯自动地运送着他们。漂亮的小女孩却奔跑着，从大人们的腿边跑过去。运行着的扶梯作用在她的脚下，给她造成了一种错觉。她从未感到过自己能跑得这么轻松和自如。

她跑得太远了，其间好像还下到了另外的楼层。

途中她看到了一个贴着柱子做倒立的女人，T恤垂在胸口，露出一截肌肉分明的小腹，那姿势好像她拥有某项特权，表明在这个巨大的屋檐下，在被判了缓刑的人群中，只有她获得了赦免似的。出于一个小女孩必然会有的好奇心，漂亮的小女孩在女人身边停了片刻，并且歪下头向空中看，尝试着体验这个女人翻转的视域。她看到候机厅高耸的穹顶就像是一根根粗大的鲸鱼肋骨。还有几次，开着电瓶车的机场保安从她身边经过，她都摊着手，装作若无其事地看向了一边，她似乎意识到了点儿什么，似乎也感觉到了，作为一个漂亮的小女孩，独自在这座巨型建筑里四处游荡，有那么一点点的不妥。

身边熙熙攘攘的旅客渐渐变得零零落落。这座巨型建筑大得如同整个世界。气压还是很低，空气依然沉甸甸的。

她已经忘记了机械战警。其实她的心里并不是特别期待再得到一台这样的玩具。她不过是身陷在某个自己也无从把握的势头里了，身不由己地行动着。

在一个偏僻的角落，眼前没有了路，像是来到了时间的终点。走投无路的小女孩随机推开了一扇门。这可能是间杂物间。

漂亮的小女孩并不知道自己为什么要来到这里，并不知道自己为什么要推开这扇门。她感到了泄气，情绪被一种极度的委屈所覆盖。没错，漂亮的小女孩现在只感到了极度的委屈。其他所有的情绪都没有了。她的心里因为委屈都有些生气了。因为生气，她还用脚踢了那扇门一下。

杂物间很小，透过整面的玻璃幕墙，可以看到停机坪上模型一样的飞机。不时会有飞机起落，但看上去就像是一场游戏。远处有隐隐约约的山峦。天空阳光和云影交错，把变化的光线投射进来。一只很大的平板拖把挤占了本来就很狭窄的空间，漂亮的小女孩只能和这只拖把依偎在一起，她扶着它的塑料杆，出神地望着玻璃幕墙外无声的世界。

后来她疲惫地坐了下来，抱着自己的双腿，下巴支在膝盖上，粉色的裙子铺向四面八方。她无聊地拽着自己的鞋带，赌气地将鞋带拉成死结。她脱下一只脚上的鞋子，想试试不用解开鞋带能不能再穿进去，可是很费力气，于是她干脆就赤着那只脚了，将脱下的鞋子贴着玻璃幕墙摆好。由于透视的缘故，那只鞋子看起来比窗外所有的飞机都要大得多。她摘下了自己粉色的发带，在小腿上缠绕，将小腿绑成了受伤后打上绷带的那种样子。她隐约听到了播放着自己名字的广播。那个空洞的声音一遍又一遍地叫着她，请她马上回到父母的身边，或者就近靠拢任何一位看到的机场工作人员。但她并不想马上响应这个声音。因为她不是很能确定这一切真的与她有关。广播里的声音在她听来，仿佛是不知所云的"机器语"。而且，在这个特殊的空间，好像没有足够的空气送走声音，它会留在头顶，比平时多萦绕一会儿，以至于都不是很像具有实际内容的那种声音了，只是一种类似背景声的动静而已。

再后来，玻璃幕墙外的白光变成了红色的霞光，远处山峦的轮廓反而变得更清晰了，有一道灼亮的光，沿着山峦的轮廓将赤色的天空和黑色的山体醒目地间隔开。夕阳潮汐一般涌上了窗口，仿佛还一浪高过一浪地具有动感地拍打着玻璃。

这一切都让漂亮的小女孩觉得自己是蜷缩在一颗红色的水晶球里，或者，是被凝固在了一颗柠檬色的琥珀里。

她有那样一颗红色的水晶球，是她妈妈送给她的，里面是穿着白色纱裙的公主，还有泡沫做成的雪花，稍微晃动一下，穿着白色纱裙的公主就会旋转，泡沫做成的雪花就会飞舞；她也有那样一颗柠檬色的琥珀，是她爸爸送给她的，里面是只张着肢膀的不知名的昆虫，昆虫的翅膀比它的身体更能抢人眼球，既显得脆弱，又显得张扬，让人觉得，翅膀才是令这只昆虫具有了价值的唯一理由。

漂亮的小女孩收到过她爸爸妈妈许多的礼物。有一回，她爸爸还给她抱回来过一只沉默的羔羊，那可是一只真的沉默的羔羊。

而她妈妈送给她的最奇特的礼物，是一只可以几年都一动不动的海龟，你以为它死了，其实它并没死，在一个夜里，她曾经看到过这只善于装死的海龟伸长着脖子，对着阳台外的月亮翘首以盼，那是这只海龟最彰显它生命力的一个瞬间。小女孩常常会做噩梦，然后在噩梦中惊醒。所以她能看到这深夜里的一幕。

现在，漂亮的小女孩被疲惫感催生出了一个朦胧的念头：她也要送一件礼物给她的爸爸妈妈。

没错，她希望让他们感到"后悔"——既然他们总是信誓旦旦，总是对"后悔"的拥有权进行着不遗余力的争夺，对各自"后悔"的强度争高争低，以"后悔"的名义苦闷地相互倾轧，好像那是个无限美妙的礼物——那么好吧，她将让他们感到"一生最后悔的事"此刻正在发生，然后，在这件"一生最后悔的事"面前，他们争吵时竞相开列的那些玩意儿都将被一笔勾销，变得苍白和滑稽，不值一提。

在这个与世隔绝、完全密闭的空间里，漂亮的小女孩就这么想着想着睡着了。

一颗超能激光炮惊醒了她。"啪"的一声，她张开眼睛，看到眼前的玻璃幕墙上吸着一颗蓝色的弹头。它前端的吸盘牢牢地把住了玻璃，蓝色的塑料柄因为冲力兀自微微地震颤，给人一种正中靶心的隐秘的快感。

窗外是黑色的夜空，跑道上的信号灯忽明忽暗地闪烁着,她影子的轮廓映在玻璃上,身后的影子叠加在上面;有一队乘客正从摆渡车上下来,没有谁命令他们,但他们却自觉地走出了某种秩序,在一道车灯的照射下,宛如一队正在服着缓刑的囚徒。

身后机械战警熟悉的声音还是那么扬扬得意:

"我的超能激光炮,可以轻易地摧毁敌人!"

漂亮的小女孩回过头去,首先看到的是那撮修剪得非常齐整的、灰白色的胡子。

丁酉闰六月三十/2017年8月21日一稿

丁酉兰月初二,处暑/2017年8月23日定稿

香榭丽

option value before expiration date

Part 03

势不可挡

大战爆发的前夜,庞博跟我说晚上他又要去小车间工作。

他没说那个"又"字。"又"是我的心理反应。我因为这个"又"字而矛盾。我有点儿为他感到骄傲,毕竟,他是我的丈夫,在我们这个集体里,晚上"去小车间工作"是一项不折不扣的荣誉;当然,我也有点儿为自己感到难过。尽管已经是2027年,但我跟大多数女人一样,依然愚蠢地捆绑在史前人类的本能之中。没错,我在新的时代里,依旧残存着旧时代的嫉妒心。重要的还在于,对于这种矛盾的心理,我自己也难以判断好还是不好。

"宝贝,总会好起来的,"他可能看出了我的情绪,对我说，"我想，要不了很久，你就会完全适应崭新的一切了。身为一名女性，主任当然最了解你们女人需要克服多少心理的定势与成见。我想，给我这样的机会，没准正是她想要帮助你早日获得自由。嗯，她可能更看重的是你。"

"去吧，"我说，"我挺好，也为你感到高兴。"

他套上牛仔外套走后，我在晚霞绚灿的天光中游荡于废弃的厂区。

这儿曾经是一家大型化工厂，如今密布的管道和高耸的厂房都已必然地破败。管道与管道之间的连接有的已经断裂，好像被一双大手掰成了两截；完好无损的厂房所剩无几，差不多所有窗户的玻璃都被什么神秘的力量击碎了——没谁击打它们，它们会突然"砰"的一声自爆。你要知道，这一切并没有经过人工的破坏，完全是源于大自然的伟力。不如说，是没有人工的参与，一切才凋敝得如此迅疾和匪夷所思。

废墟在黄昏中被镀上了一层金属锈迹般的红光。那些钢筋水泥之中长出的稆生植物都有了一种青铜的光泽。

这儿就是我们的圣地。半年前我们这群人聚集在了这块荒芜的厂区里。

势不可挡，不到十年的功夫，大约百分之六十以上的人类已经被取代。新技术渗透到了每一个行业，每一个工种。身边的人纷纷降格为"无用者"。我们这群人还算好，可能属于最后几批被淘汰的群体了。当年专家们做过预估，数据显示，我们这个群体排在被淘汰那个行列的倒数第三位，看来还是靠谱的。

我们是一群作家和艺术家。就在两年前，我还在广州的画室里画着油画。如今从最南面的海岸线到最北面的边陲，时速五千公里的飞行列车只用一个小时就能抵达。人类突破了地球曲率的障碍，突破了声音空气传播的速度，扔掉艺术的约束还有什么好奇怪的呢？

因为将一截直径五十毫米的螺纹钢徒手磨成了直径五毫米的螺丝刀，杜英姿成功地把我们这群曾经的作家和艺术家吸引到她的身边。我们没什么可以奉献给她的，这让我们对她的顺服显得更加纯粹。"无用者"首先丧失掉的就是感知物质匮乏的权利，我们无权再享有依赖工作才能换取必需品的生活。我们所做的一切，都沉淀为无用的数据，不过是加添宇宙的信息垃圾。于是，奉献财富那种古老的办法没有了用场。对于杜英姿，我们能做的，只有追随她的精神。

作为最后那几批被淘汰的人,我们可能算不上是人类最没用的一群。所以,在对杜英姿的追随中,某种尚未显明但却彼此似乎已经默默达成了的信念将我们联合在了一起。

似乎是,我们依然残存着某种可以被称之为"反抗精神"的理想。

这事儿放在十年前,我们一定会遭到耻笑,甚至会被看成遭到邪教组织洗脑了的白痴。政府会驱散我们,民众会围观我们。你瞧,我们这群曾经自视颇高的家伙,居然把一个在街边摆了半辈子摊儿的女鞋匠视为可以去虔敬膜拜的圣母。

但现在是新的时代。

这个中年女人重新燃起了我们生命的活力。我们一度几乎丧失了鲜活的生命感,差一点儿就要掉进"无用者"那无忧无虑的、凝滞的深渊。无忧无虑,曾经是所有人的盼望,但当这样的现实真正降临,如果你不是一个天性堕落的人,你就会发现,原来这样的生活会有多么令人窒息。"忧虑"忽然变成了特权,变成了奢侈品,变成了你之为你的确据,继而,就像昔日争取无忧无虑一般,不甘失败的人将去为自己争取忧虑。

争取忧虑的道路异常崎岖。我们既要丢弃旧我,又要让旧我一点点复苏。因为，我们毕竟还活在时间的链条里。时光赋予我们的积习让我们在理解崭新现实的时候困难重重，我们必须抛弃固有的一切，我们的世界观，我们经年养成的情感方式和生活方式的惯性，都需要我们与之决裂；同时，为了抵抗这崭新的现实，我们又似乎只有一条道路可走——顽固地抓住我们的积习，给一种看似徒劳的努力找出神圣的目的，藉此，一点一点回到曾经的自我感受中去。是的，这很难说得清楚，如果需要比喻，我想，如今的我们，仿佛是处在母亲产道中的"玩意儿"。我用了"玩意儿"这个词，是因为我实在难以对我们的现状做出准确的指认——你既不是一个胚胎，也难以完全地被称为新生儿，你只是一个正挤在过去与未来之间的、柔韧而潮湿的产道中的"玩意儿"。

缩回去还是钻出来，这是一场斗争。

在这场斗争中，我们幸运地遇到了一双为我们指引方向的手。杜英姿那双具有启示意义的手如此粗糙，经年磨铁，使得它们宛如铁的本身，掌心的硬茧犹如生锈的铠甲，十指布满瘢痕，就是十根确凿无疑的螺纹钢。这是新的时代圣母的双手，和既往怀抱基督的那双柔嫩的圣手截然相反。它翻转着我们的想象力，安抚着我们茫然的灵魂，推动着我们残存的勇气。

庞博每次晚上去小车间工作，我的心都要被这双手蹂躏一遍。我能够感到它粗粝的触摸。不，这不是一个比喻，这完全是我真实的生理反应。我能够感受到自己的失落，同时，随着失落感而来的，竟然是那种性欲般的生理冲动。这当然是嫉妒心使然。可是这种负面的感受，如今却又显得稀缺。有什么东西在熬炼着我的肺腑心肠。

肉欲已经很久不再能够困扰绝大多数人，只有少数特权者还享有着这项古老的试探。如今性爱机器人唾手可得，并且几乎算得上是免费供应，据说有些街道的居委会还会上门分发。而失去了满足肉欲的门槛，男女间的嫉妒心就无可避免地被稀释掉了，变得罕见。以旧眼光看待，杜英姿是超越性吸引力的，或者干脆可以说，她毫无性的吸引力，甚至在那方面还具有排斥力。但在这新的时刻，她有力地颠覆了一切。

"晚上去小车间工作"，成为男人们渴望的事情。如果他们有伴侣，也应当为此而感到骄傲。因为，这几乎算得上是一个恩赐和嘉奖了——选中者得到了和杜英姿秘密交流的机会。当然，她会手把手地和他们共同磨螺纹钢——是真的手把手，她将那双粗粝的圣手捂在男人的手上，和他们一起用力，一二三四，前前后后，一二三四，前前后后。

最早发现杜英姿神迹的，是一个叫罗旭的摄影家。他是我和庞博共同的朋友。七年前，罗旭在街边换鞋掌时，看到了今天的圣母。那会儿，杜英姿的修鞋摊冷落地摆在一边，没有生意，但她却没闲着。有如神启，罗旭的目光落在了那双正在磨着螺纹钢的手上。即便以一个旧时代摄影家的眼光来看，那双手和那根螺纹钢所共同构成的美学价值，它们运动的轨迹，都极具象征性的意味——它们独立于一切逻辑之外，甚至可以脱离物理世界的拘囿，自身便构成一个抽象而崇高的概念。光着一只脚的罗旭按下了相机的快门。

其后，时代的轮子骤然加速，人类熟悉的一切落叶般地纷纷从时间之树上跌落。据说，新技术带动的相关产业规模已经超过了十万亿。饭馆没了，商场没了，电影院没了，艺术馆没了，最后，连大会堂都没了。但杜英姿的修鞋摊还在。那可能成为了世界上唯一的修鞋摊，成为了非物质文化的遗产。它孤零零地摆在早已不复往日景观的街边儿，水落石出，像是一块在水中露了头的纪念碑。当然不会再有人来光顾，没人还会修理自己脚上穿破的鞋子，人类完全挣脱了破鞋子的枷锁。杜英姿岿然不动，坐在自己的修鞋摊后，坐在湍急的时光里，面无表情地磨着她的螺纹钢。

十年如一日，她就这么磨了下来。时代的洪水让这个行为彰显而出，就像滔滔的大水涌过，也不得不在一座孤立的丰碑前小小地迂回，它貌似一个无足轻重的阻碍，但的确给宽阔浩荡的水域制造了不容忽视的波澜。庞然之力因它而局部地改道。其意义，已经被我们这群人反复地讨论过了。

最先，罗旭跟踪拍摄了那双磨铁之手，他将照片传给朋友们看。力量被传递和扩散。大家原本还囿于陈旧的审美，只当这些照片就是那种约定俗成的"作品"。但渐渐地，所有人都被大水漫过了头顶，"作品"便开始凸显它神圣的本质。随着我们越来越窒息，那根照片中的螺纹钢却越来越纤细和锋利，它就是一个反向的力量，充满了救赎的指向。当它终于在某天成为了一把螺丝刀的时候，我们都听到了从天而降的召唤。

在我们这群受过所谓良好艺术训练者的心目中，磨螺纹钢的女鞋匠杜英姿，即便不能被视为再次降临人间的耶稣，也堪称现世磨着镜片的斯宾诺莎。犹如一堆尘埃般的铁屑，我们被一块磁铁所吸引。在丧失了曾经作为艺术家、作家的优越感之后,大家陆续集合在了杜英姿的身边。

罗旭说服杜英姿离开了街头。他差不多扮演了施洗约翰的角色,就像是救世主的开路先锋。很容易,大家便找到了这块废弃的厂区。如今,离开城市的核心区域,大地上遍布着这样的遗迹。而所谓城市的核心区域,是一栋上千米的摩天大楼。少数"有用者"盘踞在里面,一边目睹机器读取星辰一般海量的数据、日夜不息地自我迭代进化,一边享用着人类宝贵的欲望、恐惧、欢喜和烦恼。

鉴于"劳动"已是一种被垄断了的特权,我们这些"无用者"一致同意,将我们安身的这块家园称为"车间"。做出这个命名时,我们将其和"公社"进行了深入的比较,最后的结论是:"车间"听起来更具有"劳动"传统的含金量,而相对于"公社"的大,"车间"在本意上的"小",也切合我们意图抵抗时代洪流的心情。你瞧,我们从来就是一群不可救药的小众分子,十年前是这样,十年后,我们依然还妄图这样。于是,那个属于我们的核心区域,天经地义,被我们叫做了"小车间"。它原本的确就是一个小车间,如今,我们主要的劳动都在那里面进行。与之匹配的是,我们将杜英姿尊称为"车间主任"。我们认为,在这个人类遭到全面碾压的时代,这比将一位心灵的导师唤为"圣母"或者"教主",更加具有创世的力量。

来这儿之前,庞博和我在广州生活了差不多十年。这是断崖式的十年。我们相互眼睁睁地看着对方信心崩塌,看着曾经骄傲的恋人一天天变得猥琐。十年前,智能机器人就写出了小说,还获得了日本的直木奖,那时,身为一个小说家的庞博已经嗅到了危险的气味儿。但他心存侥幸,用变态的傲慢来支撑自我的确认。可重锤一记接一记地砸下来。先是发表作品的纸媒消失了,继而庞大的评价体系垮台了,最后,人们完全不再需要"小说",仿佛刚刚跑出了丛林,压根不知道还有文艺这样的玩意儿。我经历了跟他差不多的打击,如今,随便一台机器,就能将毕加索和达芬奇结合得完美无缺,如果你需要,还能随便再给你来点儿梵高、拉斐尔,它们在"听说读写"这些核心感知力上全面超越了人类。难度被抹平了,于是价值也荡然无存。价值弥散,人们于是对之也不再抱有兴趣。

我们是第一批到此定居的成员,后来陆陆续续又来了不少同行,其中不乏曾经在各自的领域里卓有成就的家伙。目前,"车间"的规模大概有将近两百人。社会上如今出现了大量的群居部落，那可是真正的群居，他们生活在废弃的体育馆或者音乐厅里，在巨大的屋檐下共同吃喝拉撒；但我们妄图捍卫自己的小众气质，即使聚集在了一起，依然保持着相对独立的私人空间。

这块废墟足够大，曾经容纳过上万人。大家分散开，各自给各自找了窝。我和庞博选择了一台巨大的车床，它在一栋大厂房里和另外几台机器并列着，天然就像一张阔大的架子床。我们在这台车床下面构建了自己栖息的领地，在它上面的那一层堆放生活用品。

这样看来，如果在空中俯瞰我们聚居的"车间"，肯定更像是一个超大的蜂巢，成员们各自独立，又被紧密而有序地组合在一起。事实上，也经常会有政府的飞机飞来，在空中对我们进行航拍。世界被更加有序地管理着。

我是一只缩在隔板里的蜜蜂——庞博晚上去小车间工作的时候，躺在车床下面的我，呼吸着带有铁锈味道的空气，就是这样想象着的。我想象着，有脆弱的翅膀在我肩膀上艰难萌生，有黏液糊在我的身体上，我的四肢稍微碰撞，就有可能折断落下终身的残疾。在这样的时刻，如此具有温度的焦虑弥足珍贵。你要知道，如今，人们入睡前更多地只会将自己想象成浩瀚矩阵中一个微末而冰冷的数据。

庞博黎明时钻回了车床下面。他在我身边小心翼翼地躺下，手臂轻轻地搭在我的腰上，从身后抱住我，将呼出的热气冲着我的脖颈。晨曦无声地侵入了我们的领地，只照亮了我躺着的那一半。我还没有完全醒过来，从亮处转身，用一只蜜蜂的心情抱住了暗处的他。

起初，在半梦半醒中，我们一动不动地就这样抱在一起，像是被自己生产的蜜汁粘连住了。后来，我渐渐苏醒。"蜂后"这个概念在一瞬间突然跃进了我的意识，同时，就像被惊动了的蜂群，与之相关的那些欲念也蜂拥而起：生殖器官发育完全的雌蜂，由受精卵发育而成，垄断交配权，能分泌蜂王物质维持蜂群的次序。

我依然没有动，但呼吸变得粗重、急促。

庞博也没有动，但我能够感到他抱着我的胳膊加重了力气。

我们开始默默用力，闭着眼睛，一言不发地抱紧对方。

"给我。"终于，我忍不住向他索要。

"怎么了，怎么回事？"他却用质疑拒绝着我。

我们很久没有在一起了，究竟有多久，我竟说不清楚。此刻，久违了的欲望令我既欣慰又难过，就像他的拒绝一样，也是令我既难过又欣慰。欣慰不用去多说了，难过却也是无从说得清楚。

十年前，美国的贝尔实验室就推出了先进的男用性爱机器人，"洛克希"，身高一百七十公分，体重二十七公斤，肤色和发色可以定制；她不会打扫卫生，不会做饭，但在那方面她可以做到任何事情；她还能倾听你，感受到你的触碰，她也会入睡，并且，她还复制了人类的十几种人格特质，奔放，狂野，害羞，冷淡，天真，善良，友好……但和今天的这类设备相比，"洛克希"就像一只刚刚走出非洲的母猩猩。女用设备也早已经齐头并进了。肉体欲望的解决途径早已不成其为一个问题。

如果理解了这样的背景，你就会理解我在这个清晨欲望升起又被拒绝之后的欣慰与难过。我渴望某种复苏，它降临了，让我变得湿润多汁，但我又不愿复苏了的渴望被简单满足。我被悬置在了一种两难的境地，像一只琥珀里被囚禁的虫子。我只有咬着嘴唇，湿漉漉地眼涌泪水。

"瞧瞧你，瞧瞧你，居然还哭了。"庞博叹息着，一边替我擦眼泪,一边说,"你瞧,这也不是我第一次在晚上去小车间工作了,你明白,如今只有工作才是唯一的救赎,那是我们终极的道路,你都说过,每一次工作,就好比是一次信仰的仪式。"

这话我可能说过,但我此刻不愿想象那个"信仰的仪式"。我把头埋在他的胸前,等眼泪完全被吞下后,起身从车床下钻了出来。

我走到了室外。晨风薄凉,草木在废墟中随风轻摇,世界衰败,但像每一个清晨那样地依然宛如一个奇迹。

我在外面的水龙头前洗漱干净,回去穿上牛仔外套,拿起我的那根螺纹钢,走向一公里外的小车间。

路上不断遇到上工的同伴。曾经的作家、艺术家们用眼神默默地打着招呼,顶多轻轻互道一声"早安"。我们都穿着相同的牛仔外套。如今政府统一给"无用者"配发服装,款式极其丰富,任由你满足自己着装的想象力。当你走入人群中,你会觉得自己身在一个缤纷的时装发布会上。在这样的风尚面前,我们这个群体选择了最朴素的牛仔外套。它不仅仅是我们统一的工装,穿上它,还会令我们具有一种整齐划一的修道士的气质,同时也令我们获得了一致的认同感,觉得我们就是一个命运的共同体。

小车间孤零零地矗立在厂区的一隅。它可能是做某种高危化学实验用的，当初就没有和这座大型化工厂的主体建筑融为一体，形同孤悬海外的一块飞地。这恰恰成为了我们挑中它的缘由。

如今通向它的道路完全是靠我们的脚在杂草中踩出来的。数条蜿蜒的小径最终在它那里汇聚，令它像是道路的终点和真理的归宿。也许通往它的道路是平缓的，但每次走向它，我都有种爬坡的攀登感。我想我的这种错觉，其他人可能也有，因为大家行走在通往它的小径上时，身体都是微微前倾着的。于是，日复一日，走向它的我们将它走成了一块心目中的高地。

在这个清晨，当我们快要走到小车间时，大家都看到了我们的"车间主任"。

杜英姿背对着我们，面朝小车间洞开的大门，短短的灰发在风中纷飞。远远望去，一个臃肿的身形镶嵌在黑洞洞的门框里。在我眼中，这个画面有着一幅中世纪宗教画的效果。不，她没有那种画风里圣徒们超拔的气息，但那臃肿的中年女人的背影，却更符合我在这个新的时代里对于救赎者的想象。

她像一头缓行的猪,时代风驰电掣的飞行列车从她身边呼啸而过。这样比喻,我绝没有一丁点儿诋毁她的意思,相反,这头缓行的猪,在我内心代表着这个时代最高的沉着。

当我们走到她的身后时,大家不约而同停下了脚步,和她保持着大约十米的距离。这个距离大约就是凡俗与圣神之间的距离,既不是那么遥不可及,也不是那么触手可得。有人开始给我们分发早餐。每人一杯热牛奶,一块羊角面包。大家默默地吃吃喝喝,像是仪式的某个进程。

她兀自面朝着小车间敞开的大门,似乎是在善解人意地等待着我们先填饱肚皮。小车间的这两扇门值得说说。原本,它当然是那种锈迹斑斑的铁皮门。我们到来后,将铁皮门拆掉扔了,代之以两扇极富东方色彩的那种会令密集恐惧症者不适的布满门钉的大红木门。至于为什么这么干,谁也没给出过答案,好像这么干压根就不需要有个说明。我想,这是源于我们对自己文明顽固的自信。

有人收走了我们手里的空纸杯。杜英姿又站了片刻,才慢吞吞地转过了身子。正在抹嘴的人将手停在了嘴上。我不想描述她的容貌,因为既有的那些陈词滥调一旦用来形容她，就会充满了亵渎和诋毁。所以，我只能简单地说，她长着一个中年女鞋匠应当长着的脸。望着这张脸，我的心里常常暗自喟叹：唉，我为何还要嫉妒？！但是，上帝啊，又让我如何才能不愈发地嫉妒？！

她也望着我们，眼神像往常一样地空洞。偶尔，她的眼睛会拼命睁大一下，形同下意识的痉挛。人来得越来越多了，大家穿着同样的牛仔外套，每人手里都扭着一根三十厘米长的螺纹钢。这场面，就像是一场革命前夕短暂的寂静——暴民们正在等待他们的领袖发出起事的号令，暴风骤雨正在最后的关头酝酿。

跟往常一样，我们依然期待着她能对我们说点儿什么。但依然跟往常一样，她什么都不跟我们说。实际上，我们之中可能没几个人听到过她说话，反正我是没有过。她是一个沉默的先知，只行动，不说话。据说被她特许在晚上进入小车间工作的男人们，才有可能聆听到她的只言片语。但传出来的那些"只言片语"更像是一些气声，例如"哼"和"哈"这样的象声词。这愈发令她接近了一个圣母所应有的神秘。

她不说话，像是只身和我们将近两百人对峙，像是一头困兽陷在围猎的中心。她的气场一点都不逊于我们。她只需要站在那儿,就能散布磅礴的蛮力。时间在晨风中凝固了,或者被按下了暂停键。鸦雀无声,唯一的动静是有人整理牛仔外套下摆发出的那种声音。

终于,她扬起了双手,动作就像一个迟缓的老妇在做着第十八套广播体操。举起,放下,举起,放下,如是三次。那双粗糙的圣手有力地掀动了凝固的时间。于是时间得以重启,继续流转。我们发出了克制的欢呼,随着她起伏的双手,"噢""噢"地低声叫着,同样如是三声。难道,这还不能算作一个鼓动人心的仪式吗?我们犹如刚刚完成了一次洗礼,额头俨然还挂着圣洁的水珠。

然后,她就垂下双臂,慢吞吞地挪开了身子。她就那样突如其来地慢吞吞地走开了。她一挪动,你才会发现她比你原来认为的还要臃肿、迟钝,还要不知所以和不知如何是好。她在行动中释放出来的信息好像是:她自己觉得来这儿给一群疯子当圣母是一个荒谬的错误。

我们目送着她离开,消失在我们的视野里。她走得真是慢啊,在这个峻急的时代里。

小车间容纳不下将近两百人一同进去工作。如今几乎每天都有新人不断地加入，随着团体可以想见的膨胀趋势，规则也制定出来了：每次能够进入小车间工作的，限定为五十人，其余的人在室外围坐着干活儿；分批次轮换，所有的人都能够有规律地进到小车间里去。这种规则的确立，不但形成了有效的秩序，还使得我们的小车间完全具备了一座圣所的公平性。

它的确是一座能够用以朝拜的圣所。当我们在清晨的时候走进去，晨曦从天窗涌泻而下，宛如一道天幕垂挂在眼前，而这道天幕的聚光所在，恰恰是那把锃亮的螺丝刀——它居于小车间的正中央，摆在一张绿漆斑驳的铁皮工作台上，唯一的装饰就是衬托着它的那块白色的毛巾。没错，它就是杜英姿毕十年之功将一截螺纹钢磨就的那件圣物。

我们团团围坐在这把螺丝刀的周围，开始了一天的劳作。

我们每天的工作就是磨螺纹钢。大家领到的螺纹钢规格统一，直径五十毫米，长度三十厘米，完全符合我们供奉着的那件圣物的原初形制。我们就在地上那么磨着，一二三四，前前后后，一二三四，前前后后。水泥地面不可避免地被磨出了纵横的沟壑。天长日久，除了供奉圣物的那张铁皮工作台的下面,小车间的地面逐日下沉,渐渐地,被我们人工磨出了落差,像是给这个空间升起了一块长方形的跃层。没有谁指出这个现象,但大家心照不宣,不约而同地不去触碰那块长方形的神台基座,同心协力地通过降低地面来抬高我们心目中那块神圣的祭坛。磨了半年,水泥地面下沉了大约有三厘米,但我们中大多数人手里的螺纹钢,还是一根标准的螺纹钢。

我们就这样磨呀磨。我们通过磨呀磨抵抗着自己"无用者"的命运。你可以说这是滑稽,但确凿无疑,我们也可以说这是庄严。

由于并没有一个现实性的诉求,我们这种非现实性的劳作其实是很轻松的。没谁想要给自己制定一个时间表,手里的螺纹钢究竟何时会被磨成螺丝刀,我们压根并不关心。我们只是盘腿而坐,机械地磨来磨去。这个时候,我们终于放空了自己,开始冥想,神游天外。当然,也不排除打盹乃至酣睡。

每过一个小时,会有十五分钟的休息时间。大家可以站起来活动活动腿脚,也可以走出小车间,呼吸一下新鲜空气,和外面的同伴聊几句。来这儿之前,大家都是旧时代"坛坛圈圈"里的人,相互之间熟人不少。说是"聊几句",其实不过只是个说法儿而已。如今我们没什么可聊的,在庞然的现实之下,人在逐渐丧失着说话的动力。

为此,罗旭开始组织大家一起唱歌。他担心我们过快地丧失语言能力。他真不愧是一个先知的开路先锋。在很大程度上,"车间"的形成完全是因为他的努力。我可以肯定他是受到了某个启示,才会像施洗约翰那样走向旷野,预言神的到来。是他最早用镜头捕捉到了磨铁的圣手,是他将杜英姿引来了这里,当大家越来越沉默的时候,他负责用语言来阐明制度和纪律。天经地义,罗旭是我们车间的"副主任",他是主任的助手和代言人。

对于他如今所扮演的角色,我心里有着蒙昧的感受。他是我和庞博共同的朋友,还是庞博介绍我们认识的。但我跟他上过床。其实也不是在床上,是在我家的厨房。他把我放在橱柜的台子上,让我的两条胳膊撑在身后,掀起了我的裙子。那已经是许多年前了,当时庞博烂醉如泥,因为他刚刚听到了机器人写出的小说获得了直木奖。

罗旭瘦弱,单薄,长发披肩,但如今他宛若受到了神秘力量的加持,有了金钢不坏之身,明晃晃地焕发出惊人的能量。

他在我们休息时组织我们唱鲍勃·迪伦的《时代正在改变》：

> 嗨！到处流浪的人们
> 聚在一起吧
> 要承认你周围的水位正在上涨
> 接受它。不久
> 你就会彻骨地湿透
> 对你来说如果你的时代值得拯救
> 你最好开始游泳，要么就如石头般沉没
> 因为时代正在改变
>
> 嗨！作家们，评论家们
> 用你们的笔做预言
> 睁大你们的眼
> 这种机会千载难逢
> 不要说得太快
> 因为车轮还在旋转

很难说谁会成名

因为现在的输家将是未来的赢家

因为时代正在改变

……

不是吗？这很应景。

小车间的外围经过半年螺纹钢的打磨，现在已经初具一个小广场的规模。我们在小广场，在秋风里，在午后，唱着应景的歌。

午饭基本上还是政府提供的。如今政府负责"无用者"一切的生活所需。但我们已经尝试着自力更生。有一组人专门去种蔬菜了，番茄和黄瓜，莴笋和土豆，还养了一些鸡。但收成尚无法满足我们全部的所需，目前只具有象征性的意义。中午十二点半的时候，会有一架无人机准时降落，舱门打开，伸出的传送带为我们输送下来盒饭。我们排着队，按人头挨个认领一个饭盒。

饭后的午休时间只有半个小时，这足够了，因为我们实在没怎么累着，不少人实际上是半睡半醒了一早上。

在这半个小时里，由罗旭的妻子带领大家唱歌。她本来就是教声乐的，之前在一所音乐学院当教授。她的嗓音婉转，犹如百灵鸟——由于使用语言的频率在大幅度减少，现在我的词汇量越来越贫乏肤浅了。当我想要描述什么时，开始渐渐地习惯使用陈词滥调。是的，她挺美的，"像一朵花儿"，当她领唱的时候，我的心情有些"波浪般的涟漪"。

我已经难以准确地体察自己复杂的内心，于是，内心反过来，也渐渐变得越来越不复杂。"太阳是温暖的"，"花儿是芬芳的"，"男人是山"，"女人是水"，世界在我眼里越来越被简化，抽象成了一些不知所云的比喻句。但是对于这对夫妻，我还是想要努力想得清晰一些。没错，我跟罗旭没什么情感上的瓜葛，我们不过是在多年前有过一次橱柜上的性事。但如今我们集合在"车间"里，他确乎有着显而易见的地位，于是，对于他，对于他身边的妻子，我的心情还真的是有些"波浪般的涟漪"。有什么古老的本能在我身体里作祟。

他美丽的妻子在午休时引导我们合唱：

嗨！参议员和国会议员们

请留心电话

不要站在门口

不要拥堵在走廊

因为受伤的他会停滞

外面正进行着一场激烈的战斗

很快,你的窗户抖动,墙壁咯吱作响

因为时代正在改变

嗨!各地的父母亲们

不要说你们不懂

你们的儿女已超出你们的控制

你们的老路正在迅速老化

如果你们无力,请避开这条新路

因为时代正在改变

……

  黄昏,结束了一天的工作,回去后我并没有看到庞博。

  往常这个时候他应当在车床下睡觉。每次他在晚上去小车间工作后,翌日都会大睡一整天。他不在,我也并没太放在心上。冷漠是"无用者"集体的特征。

已经有人送来了双份的晚餐,两块牛排,两小碟被保鲜膜包着的水果。同样是政府供应的,集中投放在指定的位置,"车间"有专人挨家挨户地派送。车床下还多了床羽绒被,想必也是政府新配发的。天气已经转凉了,无论有着怎样弯曲的梦境,"无用者"也需要一个暖和的被窝。

我并不是很饿,先去外面的水龙头清洗自己。如今所有的水龙头流出的都是热水。当然你也可以调整出水的温度,从零度到一百度。它还可以直接饮用。所以我一边洗着脸一边用手掌捧着水喝。今天的水好像有些发涩,含在嘴里有种舌苔被氧化着的滋味。

我们的邻居是位男雕塑家,大概五十多岁,一个人住在隔壁偌大的厂房里。他也在清洗自己,将一根淋浴蓬头接在龙头上,赤裸裸地露天沐浴。他的身材真好,像亨利·摩尔雕塑作品中的人物那样富有不一般的表现力,他的左耳挂着一枚亮闪闪的、夸张的大耳环,在夕阳下熠熠生辉。他一边冲洗着自己,一边用南方口音向我打着招呼。

"嗨!"

我看出来了,他试图想要表现出挑逗我的意思,但我知道他毫无此念。他的那玩意儿低垂着,毫无动静。他不过是想要给我释放出礼貌性的善意。如今，对异性表达出性的趣味都是一种致敬了。

"嗨！"

我也回敬他，尽量显得风骚一些。

回去拿了蓬头，我也赤身沐浴起来。已经是初秋了，黄昏的秋风还是有些凉的。很快我就起了一身的鸡皮疙瘩，乳头也冻得硬邦邦的。

雕塑家吹起了口哨。还是那首《时代正在改变》，这歌都像是我们的国歌了。于是我也哼唱了起来。

后来我裹了一块浴巾，抱着肩膀坐在暮色四合的旷野中，眼睛眺望着天边最后一片暮霭变暗。我感到了冷，可这正是我想要的。如果能够做到，我还想要来点儿孤独的感觉。远处城市的核心区域传来若隐若现的警报声。

天完全黑了，庞博还没回来。我回去躺进车床下面，用新的羽绒被裹住自己，只能睁着眼睛发呆。

大约凌晨时分，我被罗旭从梦中喊醒。

他摇晃着我的肩膀，对我说："醒醒，庞博呢？"

我迷迷糊糊地坐起来，两条胳膊撑在身后，那感觉就像是他又要掀起我的裙子。

他当然没那么做,只是一叠声地问我:"庞博哪儿去了?庞博呢?"

我告诉他我并不知道庞博的去向,下工回来我就没见到过他。我开始努力回忆自己最后一眼看到的庞博。似乎是,他背对着我躺在车床下面,躺在阴暗面,像一个准备要维修机器的修理工。同时,我对他的爱也被依稀地想起。这说明,我依然还在爱着,哪怕这爱的情感已经萤火般微弱。彻底灭绝了的爱依然是难以令人想象的。

"跑了,他们跑了,"罗旭怔怔地自言自语,"主任也不见了。"

像是要给他的结论加一个注脚,我的眼睛看到了那件牛仔外套。它扔在不远处的地上,好像还被人践踏过一样。这是庞博的外套,我们的工装,穿上后会令我们有一种整齐划一的修道士的气质。可那个修道士现在脱下它跑掉了。

我套上自己的外套,爬起来跟着罗旭走了。外面还站着几个人,平时"车间"的成员们好像都是平等的,但在这个深夜,人类组织结构根深蒂固的本质暴露了出来。此刻站在夜色里的这几个人,显然凸出了他们核心的身份。也不知道是谁授意的,总之他们好像有着不证自明的权重。而我现在好像也加入到了这个核心里面。我是唯一的女性，这似乎令我有些高兴，冲淡了我的伤心。

罗旭带着我们穿过深夜的废墟，再一次搜查了杜英姿的住所。

那是一间不大的配电室，里面仍遗留着过去的配电柜，一排排的按钮让人感觉很有发号施令的派头。我们一无所获，不过是搜出了几包卫生巾，几件阔绰的性感内衣，还有一堆一望可知是派什么用场的小仪器。

闻讯而来的成员被罗旭指挥着在厂区里四处寻找。同样一无所获。我在黎明的时候向大家宣布，我们的主任，我们的先知，她走了，走向了"终极的道路"——我想起来了，这个词是庞博在上一个黎明时对我讲的。那时候，我还身在一个有关蜂巢和母蜂的欲念里难以自拔。

有人在哭，是的，有人在哭。这可真难得，真了不起。

我们在晨曦中集体走向了小车间，就像是一个被拣选出的民族在走出埃及。今天清晨的天空格外具有穹顶的感觉。此刻如果发生任何奇迹我都不会觉得惊讶，哪怕一瞬间行走着的我们都变成了一根根行走着的螺纹钢，哪怕天空倒垂，大地壁立。空气中有一股电脑主机被电流烧毁时的呛味儿。

推开沉重的大红木门,我们几位核心成员进到了小车间里。这同样没有经过谁的授权,但好像大家都这样接受了某个事实。新的领导集体形成了。今天我们来得早了一些,晨曦依然从天窗涌泻而下,依然宛如一道天幕垂挂在眼前,只是亮度比往日显得昏暗。天幕的聚光所在,那把螺丝刀发着暗沉的灰光。

我们几个核心围绕着铁皮工作台站定,像是一群围在解剖台边儿的医生,像是有着一个巨大的伤口正等待着我们缝合或者继续切割;我们也像是几个拥有权柄的祭司,正准备将什么牺牲抬上祭坛,在动手前各自盘算这得花多大的力气。

我们谁都不主动开口,但是彼此心知肚明。那个共识我们其实已经达成——喏,没错,信仰坍塌了,理想破灭了。我们不过是拉了一个街边儿的中年女鞋匠来做自己假想的偶像,其实,一目了然,她的脑子有问题,空洞的眼神,迟缓的动作,都暴露了她的精神状况。谁知道她曾遭受了什么,于是在十年前磨起了不明就里的螺纹钢。但我们却赋予了她的行为深刻的宗教性的意蕴。就在这座圣所,在这张绿漆斑驳的铁皮工作台下面,那块儿唯一没有经过我们螺纹钢打磨的平滑地面上,她和晚上被自己宣召而来的男人行着淫乱之事。而我们却终日劳作,手工将这块儿秽地升高为圣坛。还有什么能比这更令人羞耻和心碎呢?

我们哑口无言,但各自羞耻和心碎的心情却接近一种享受的状态。我们沉浸在污秽凄苦之中难以自拔。自从被降格为"无用者",我们与这种强烈的心情已经睽违太久。是的,有什么宝贵的东西正在我们胸中复苏。我觉得我有义务讲点儿什么,毕竟,是我的丈夫参与到了这个背弃的事件当中,我有无可争议的发言权。

我正准备开口,罗旭却先说话了。

"可以报警。"他说。

当然可以报警,这是对那两个背信弃义者最直接的惩戒。当你只要支付一百块钱就能买到人脑计算速度的电脑产品时,政府就预见到了人类社会将要面临的巨大风险。许多管控的法律条文早早被制定了出来。譬如,为了免于人类社会组织结构的迅速崩盘,法律严惩挑战婚姻关系的行为,婚内通奸者会被立刻处死。现在,这两个私奔的家伙踏上的就是一条律法的不归之路。他们逃不掉的,外面的世界如今全是虹膜识别系统,天罗地网已不仅仅是个形容词,任何一个逃犯都插翅难逃。

但是，我们不能这么去干。

"不。"我坚定地说。我还想多说几句，但我找不到合适的词儿。我只能含泪说："不！"

尽管一想到庞博和杜英姿在我脚下的这块水泥地面上翻滚我就感到恶心，但我仍然坚定地这么说了。这个决定我做得毫不勉强，就像是另外有一颗心灵在替我做着思考和决断。我强烈地感到：圣灵运行在小车间里，真正的生门开启了。

之前的一切都只是序幕。上帝让那两个人合演了一出戏，演给天使和世人看，在你以为是结局的时候，真正的大幕徐徐拉开。正是因此，我们才能从蒙羞中觉醒，重新寻找拯救自己的方案。难道不是吗？此刻，难道我们没有因为感到羞耻、心碎而一阵阵恶心吗？这多美妙！我甚至都要为庞博感到骄傲了，他是那个被上帝选中的受难者，他以自己小说家的智慧和肉体，为我们做出了崇高的牺牲。

如果此刻我们蒙受着深重的羞耻，那么，将近两百个成员中有谁比我蒙受得更加深重？如果此刻我重拾了信心，那么，有谁还有什么理由不随着我欢呼赞美？

"主任!"

良久的沉默之后,罗旭一把抓起了我的右手,高高地举起来,宣告着新先知的就位。

"主任!主任!主任!"

如是三声,他低沉地吼着,一边将我的右手举起、放下,如是三次。

核心们跟着他低沉地怒吼,像一群经历了空难却突然发现自己毫发无损的人,不禁要嗷嗷叫着来庆幸自己居然还活着。

他牵着我的手率众走出小车间。很奇妙,我的心情却像是一个被牵引着的新娘,就像当年被他拽进厨房时一样。迎着将近两百双眼睛的注视,我的步子有些别扭。我想尽量走得端庄一点儿,就像是从地平线走来的那样。我理解了过去人类的新娘为什么会穿着拖地的裙子,因为那可以遮挡她们裙子下面哆嗦的腿。圣所外的成员们等候已久。他们穿着统一的牛仔外套,手握着三十厘米长的螺纹钢,在这个清晨迎接新世界的到来。

罗旭再次重复了刚刚的动作。

"主任!主任!主任!"

众声合唱，我被加冕。

——就在这个时刻，大战终于势不可挡地爆发了。

天空中升起了三颗蘑菇状的云朵。它们在空中缓慢地膨胀扩散，像是要胀破苍穹。

政府早就对民众进行过国防教育——当空中浮现出这样的天象，就表明大战已经爆发。

回望历史，两次技术革命先后引发了人类的两次大战，这一次的技术革命引爆再一次的大战，早就在人类的理性中被提前预定了。所以，一切平静得仿佛什么也没有发生，窗户没有抖动，墙壁没有咯吱作响，天空中的蘑菇云不过像是庆典时的烟花。没有人会感到恐惧，因为想象大战展开的形式和所能达到的烈度，已经完全超出了我们这些"无用者"的智力水平。

我们所能理解的，只有我们有限的那些经验，诸如消失的荣耀、破碎的完整，就像此刻我们只能将空中的预警理解为新先知确立时的天启异象。

朝阳刺破蘑菇云映上了我的脸庞。我觉得自己从未如此的火热，牛仔外套下面的身体在微微发烫，并且还在不断地升温，让我变成了一台有待沸腾的小锅炉。环视一周，我发布了"主任"的第一道圣谕。

"你，"我看着身边的罗旭，面无表情地说，"今晚来小车间工作。"

"车间副主任"罗旭如今留着长发。他若有所思地含着一缕头发，眼神狂热而迷乱。

说完，我从人群中寻找着他的妻子。那种人类钻出丛林之时就与生俱在的调皮劲儿，那种混合着良善与邪恶的人类的原始本能，犹如已经爆发了的大战一般，势不可挡地在我胸中唤醒。

我看不到他的妻子，但听到她百灵鸟一样清亮而恢弘的领唱：

> 线路已画好，咒语已实施
> 现在缓慢的，在未来将是快速的
> 现在的"当代"，将是未来的过去
> 制度很快过时
> 现在领先的，在未来将是落在最后的
> 因为时代正在改变

我在流泪。心想,如果战火没有在一天之内毁灭一切,我就去城里找间美容院,用蜡脱掉一身的汗毛。自从"无用"以来,我的体毛都生长得可耻的旺盛。

丁酉兰月十一

2017年9月1日

香榭丽

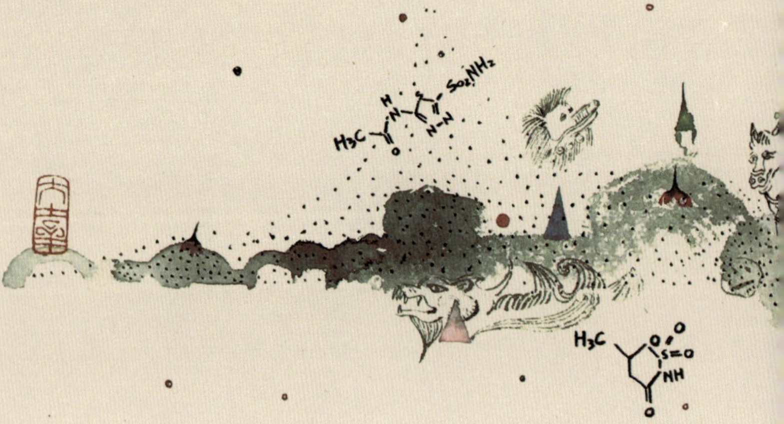

Part 04

会游泳的溺水者

最近时常感到恍惚。

"古希腊人站在海边,眺望着紫色的大海"。等等,大海是紫色的?

——就是因为看了这样一篇内容的文章。

文章说,在柏拉图、荷马的眼里,自然界的基础色是白色,黑色,红色和"闪耀与明亮"。"闪耀与明亮"?显然,今天已经没人再将其视为一种颜色。莫非,当古希腊人站在海边发呆时,世界投射在他们的眼底,全然跟今天的我们感受不同?他们的眼中没有蓝色和绿色。在他们看来,蓝色属于深褐色,而绿色则属于黄色;他们用同一个词来形容乌黑头发、矢车菊和南方的大海,也用同一个词来形容最青翠的植物、人类的皮肤、蜂蜜和黄色的树脂。没错,看起来就像是一群色盲。

想象这些,令我也有了如同站在古代海边发呆的心情。

当然,造成这种现象的原因,并非人类眼睛存在多种多样的解剖学结构,想必是不同的心理区域受到了不同的刺激。歌德认为古希腊人的颜色体验异常独特,正如埃及、印度和欧洲也有着自己不同的色彩观念一样。你不能仅仅用牛顿棱镜色散实验这样的科学分类体系来衡量判断全部人类的眼珠。

那么,问题来了:我们怎样才能理解某一个群体看待他们所在世界的方式?

想要透过古希腊人的眼睛看待世界,牛顿的色谱体系只能帮上一点儿忙——没准,还有可能是倒忙。你得以古希腊人自己的眼珠做主,审视他们尝试描述自己所在世界时真正的心情。如果忽略了这点,你就不能理解光线和亮度有可能在他们的色觉中所发挥的决定性作用,不能理解他们意识色彩世界时,心情的流动性和易变性。如果你仅仅依赖牛顿光学提出的数学抽象概念,那将永远无法想象出这幅画面:古希腊人站在海边,眺望着紫色的大海在无垠的远方与地平线融为一体。

琢磨这些，我的情绪不免会紊乱。当然，不琢磨这些，我的情绪也未必平静。就我的感受而言，这些貌似无用而驳杂的知识，只能令我深感焦虑和茫然。

——古希腊人站在海边，眺望着紫色的大海在无垠的远方与地平线融为一体。

这番景象开始困扰着我，夜晚伴着我入睡，清晨伴着我醒来。我承受着一个古希腊人的古怪视觉，感到终日昏沉。仿佛，耳边亦有海浪翻滚的天籁。

这可不仅仅是世界观的问题。我的工作都因此受到干扰。我是一个家装设计师。我的工作建立在稳定而有序的色谱逻辑之中，完全依赖着"牛顿光学提出的数学抽象概念"。我藉此谋生。但是当我现在听取客户的要求时，会隐隐地不安。譬如，眼下这位音乐学院的女教授，她所要求的"高级灰"，是我所理解的那个微微颤抖着的、有如阴天的光线投射在鱼鳞上的"高级灰"吗？当我们一同面对效果图的时候，我们感受着的，是同一种效果吗？

之所以如此，我想，是因为长久以来，我其实对自己和他人在看待世界的一致性上压根没有把握。

女教授一大早就来到了我的工作室。我正在给自己做早餐。其实她也不能算来得太早，已经快十点钟了，是我起来得太晚。所谓工作室，不过是我家中的客厅。我给自己煎了蛋，正准备洗一把生菜做沙拉。最近我的身体很差，我觉得可能是不规律的饮食造成的。我得给自己补充点儿蔬菜，至少这样看起来像是一种积极的生活态度。刚刚洗好生菜，她按响了门铃。

我开门放她进来，两只手依然滴着水。女教授带着室外的寒气，盯向我身后餐桌上盛着生菜的盘子。

"我来早了？"

她的语气不像是抱歉，倒有股亲人般责备的味道。

不过这也可能只是我的心理反应。身为一名设计师，我已经习惯了客户的刁难，面对他们，不由自主，会换上博弈的心态。你能理解的，他们总是善于用一些弹性很大的概念来表达意愿。譬如——"大气点儿"。"大气点儿"似乎是可以被理解的，但落实起来，"大气多少点儿"以及"多大算大气"，绝对是令人头痛的难题。那仿佛是一个难以名状的灰色地带。而我的工作，就是终日爬行在这样的灰色地带上。

"看到你发我的效果图了，很棒。"

没想到女教授刚刚落座，就给了我一个利落的认可。

"这样啊……嗯，我想，是你把自己的要求表达得非常准确。"

我在裤子两侧蹭着手。我是有些想恭维她，但心里也不得不称赞，这是一个能够跟我达成共鸣的了不起的女人。至少，我们对于色彩的感知是趋同的。她让我打开电脑，我照办了。那套她要求设计出"高级灰"色调的房子出现在显示器上。显示器上流布着微微颤抖着的、有如阴天的光线投射在鱼鳞上的"高级灰"。

她俯在我身后，指出一些需要调整的细节。基本上，这个方案算是通过了。我感到一阵轻松，身体随之变得敏感。我的脖颈能够感应到她在身后说话时送上的微弱气息。她用手机给我转了设计费的尾款。当她已经离开，我依然觉得那句话被一阵曼妙的气流包裹着在我脖颈后萦绕。她说：

"好极了，我的家就是想要这种修道院式的气质。"

一边用沙拉酱拌生菜，一边回味这句话，意识仿佛并不经由我的大脑，而是回旋在我的脖颈上。脖颈便感到有些发痒。我应该多留意一下这位女士。她用两个概念启动和总结了这单业务。开始时，她吩咐了"高级灰"，结束时，她概括出"修道院"。不是吗，这两个概念有着完美的对应，像一组和谐的方程式。可我现在几乎想不起她的样子。嗯，似乎是，挺丰满的。然而我无从想象一个丰满的修女。我没见过真正的修女。但毫无缘由，我认为修女都应当是颀长、单薄的，宛若灰白色的纸片。如果再具体些，那么，修女应当——像生菜吧？我咀嚼着，仿佛是在生吞一位修女。

冬日的晨光委实难以形容，它穿过客厅，抵达餐桌时几乎已经不能称其为晨光了。拌了色拉酱的生菜也难以再称其为生菜。我默默地吞咽着无法清晰确认的一切。房门外传来一阵声响。似乎是有人正试图用钥匙开我的锁。我凝神不动，耳边有隐隐的波涛声。过了会儿，声音没了。我起身打开房门。门外空无一人。四下打量一番，关上门回到屋里，我才感到了一丝恐惧。也许是个行窃的小偷。

要不要给物业打个电话？这个念头转瞬即逝。我把那枚煎蛋一口塞进嘴里。某种滋味首先以味觉的方式被唤醒，然后它成了心头的滋味。我突然想起妻子曾经给我煎过的鸡蛋，想起曾经的一些日子。这些记忆被混合成煎蛋的味道，骤然在内心弥漫。实际上，人类大多数的情感无从用词语来准确捕捉，譬如"痛苦"，譬如"悲伤"，这些词并不能射中此刻我心境的靶心。反而，煎蛋那种"懦弱"的口感，油脂与蛋白经过烹炸后"沉溺"的味道，更能对应一个丧妻者回忆起过往时身心憔悴的滋味。

我的嘴唇又麻痹起来。近来我的身体常常会有麻痹感，嘴唇、手指和脚趾。血液似乎难以抵达我肢体神经的末梢。我坐进椅子里，直到略微缓释了，才默默地继续吞咽。我打算给自己泡杯茶。正在犹豫泡绿茶还是红茶的时候，手机响了。

"早。"

"是我。"

"我知道，宋宇。"

"今天怎么过？"

"什么？"

"没有其他安排吗？或者一起吃顿饭？"

"为什么？噢，我是说今天有什么特别的吗？"

"真不知道？"

"你说说……"

"今夜跨年啊。"

原来是这样。明天就是元旦了。

"嗯,想起来了。"

"是真的没记住?"

"没,你知道,我过得稀里糊涂的。"

"不知道是该羡慕你还是同情你。"

"没什么好羡慕的啊。"

我咽下了后一句——其实,也没什么好同情的。

"那一起吃顿饭?"

煎蛋的滋味又从心底泛起。拿起一罐凤凰单枞,一边无意识地在鼻子下嗅着,一边判断自己是否想要在今天和宋宇见一面。本来,跟她见一面,吃顿饭,是寻常事,可她强调了"今天"的特殊性,是这一点令我有些迟疑。"今天"真的很特殊吗?好像也未必。但不知为何,我觉得自己今天就别见宋宇了吧。

"你看……"

"有其他安排?"

她听出了我的迟疑。

"没有,我身体不大舒服。"

"怎么了，要紧吗？"

"噢，倒是不要紧，就是不大想动。"

"那我来看看你？……"她在我的迟疑中打消了念头，改口说，"好吧，算了，有什么需要就联系我吧。"

"行。"

"新年快乐。"

"嗯，你也快乐。"

放下手机，我真的感到了今天的特殊。不，不是因为要跨年，可为了什么，一下又想不通。泡茶的时候我突然恍悟过来，令我感到非同寻常的是——她提出"来看看我"。要知道，我们住在同一个小区，两年来，彼此从未登门拜访过对方。在这个小区里，我们相隔的空间距离大概不足三百米。黄昏的时候，我们可以一同在小区里散步，有时深夜，我们可以通很长时间的电话，但是从未萌生过进到对方家里的念头。起码我没有。看起来，她应该也没有。仿佛是相互有着什么默契。刚刚她主动提出来看看我，那意思，不就是要到我家里来吗？尽管，她自己立刻就放弃了。如果她坚持要来呢？这样一想，我竟微微有些郑重的激动。

捧着茶盏，我走到阳台的落地窗前吸烟。外面的天阴着,小区围墙上爬满的藤蔓植物早已枯败。几只流浪狗懒散地踱着步,领头的,显然是那只阴郁的黑狗。它的体型硕大,堪称彪悍,不像其余的同伴那样皮包骨头。突然,像是受到了什么力量的驱使,它们一溜烟地跑开了。古希腊人站在海边……这个意绪刚刚升起,手机又响了。我转身离开窗前。

"晚上喝一杯吧。"

"今天吗?"

"可不就今天嘛!"

"我知道,跨年了。"

"这个你都知道?了不起!"

"我不太想出门。"

"为什么?"

没料到他会这么问——原本也是没有"为什么"的。

"那个,身体不大舒服,而且我看这天儿可能要下雪的架势。"

"那就别出门了。"

"是啊,别出门了。"

"我到你那儿去!"

"啊?"

"吃火锅吧,你家有电磁炉吗?"

"有,应该是有,我记得有……"

"成,就这样了。菜你甭管了,我拎过去。"

谈不上后悔,我只是有点儿懵。刚刚拒绝了宋宇,我完全是下意识的,她要是再坚持一下,出去跟她吃顿饭也没什么不可以。如果说我是在排斥什么,不如说我只是恹恹的有点儿消极。我不大想出门,不大想见人,没有"为什么",主要是没什么热情。

主要是没什么热情,这就是眼下我所有问题的根源。我的血液似乎都因此而懒得流向神经的末梢。

坐进沙发里,一杯接一杯喝着茶,意识诚然被凝固住了,只感到一股一股热流冲刷着肺腑。这套房子距离小区的大门很近,不时有车辆电子计费系统读出的声音传到客厅里来:报一串车号,给出一个金额,然后,"祝您一路平安"。世界就是这么机械而又简单地运转着。如果我想振作一些,"热情"一些,理由倒是很好找——你瞧,今天的运气不错,本来以为是一单需要纠缠的业务,却奇迹般地得到了女教授的认可。这就像电子计费系统读出了你的车号后,竟然对你说"今天免费"。

尽管没怎么留意时间,王丁凯到来的速度还是令我有些吃惊。他来得太快了,让我感觉他刚刚就是站在楼下跟我通的电话。他果然拎着大包小包。火锅底料,超市配好的各种蔬菜,鱼虾,牛羊肉。当然,还有酒。是啤酒,他拎了两箱。换了我,一下子肯定拎不了这堆东西。不是负不了重,是难以下手。但是他可以。我来不及搞清楚他是怎么做到的,只是接受这事儿被他办成了的结果。他就是这样,三头六臂,从小就不由分说地完成着别人难以完成的事情。如今快四十岁了,在我眼里,他依然是一个奇迹的制造者,只是身材不复当年的挺拔。他常年保持着跑步的习惯,隔天就要跑上十几公里,但还是有了些肚子,年轻时挺直的鼻梁也略微有些歪了。在个人形象上,他对我抱怨过,说我显得太"细腻",跟我在一块儿,让他总觉得自己像头犀牛。于是,我也便视他为一头犀牛了。

"不敢保证有电磁炉啊。"

我进到厨房去翻橱柜。打开一扇柜门,几只蛾子飞出来,有一只撞在我的眼皮上。大米生虫了。蹲在那里,闭着眼睛,我有半天没动。一方面,是我的眼睛受到了冲撞,感到有些酸涩;另一方面,是我直接陷入在了一种只有蹲着不

动才能克服过去的痛苦里。王丁凯觉察出了异样,在后面冲着我喊:

"我说,怎么了?"

"没事儿。"

我张开眼睛,却是满眼的泪水。

居然真的有一只电磁炉,包在塑料薄膜里。但我不敢回忆它的来路。捧着电磁炉站起来,一回身,他正站在我身后。于是,他看到了——他的这个怀抱一只电磁炉、眼涌泪水的老同学。

"嗨,真没事儿?"

"被蛾子钻进眼睛里了。"

"我给你吹吹?"

他凑过来,三头六臂,摆出一个要熊抱的架势。

"得了吧!"

两个男人开始准备他们的火锅。蔬菜和肉都是洗好了的,可能洗得并不干净,但这对两个男人而言,不是问题。我们都懒得将菜倒进碟子里,就那么直接将超市的包装盒摆上了茶几。这张茶几是我在妻子死后换的。造型简单,就是一块沉船木,有种"修道院的气质"。

锅一瞬间就沸腾了。王丁凯打开了电视。他并不是想看什么节目,我理解,他是在营造某种气氛。他脱了外套,解开衬衣扣子,鞋也脱了,但并没有换上拖鞋,光脚盘坐在沙发上。

"干一个。"

我们一人喝掉了一罐啤酒。

"再来一个。"

于是又来了一罐。

"这不也挺好?"

"什么?"

"两个王老五一起吃跨年的火锅。"

"你怎么了?小吕呢——是叫小吕吧?"

"是小吕。"

他耸耸鼻子,捞一筷子肉给我。他好像很喜欢耸鼻子,耸动之间,鼻梁就亦正亦斜地发生位移。

"人呢?"

"什么人呢,今儿没她什么事儿,甭提她。"

小吕是他目前的女朋友,还在大学读博,跟他恋爱有段日子了。这些年来,他一直在跑,一直在创造奇迹,好像也一直在赢得人生、一直谈恋爱，就是一直没结婚。他扭脸看一眼电视，表情显得有些茫然，自言自语道：

"怎么全是紫色……"

我也抬眼看电视。电视正在播放跨年演唱会的实况，屏幕一派沸腾的光影。没错，那就是满目炫眼的紫色。可这并不足以构成一个疑问。我又想起那篇文章。那篇文章里写道：古代及以后的岁月中，紫色总是与权力、声望、光彩焕发的美丽联系在一起。从皇帝到国王，从红衣主教到教皇，他们都喜欢穿紫色的衣物……

那么，我需要以此回答他吗？当然，这没必要。

"跟你讲个故事。"

"噢？"

"有这么个水手……"

"水手？"

"别打岔，我开始讲了。"

他居然要给我讲个故事。我们之间，互相讲过故事吗？我不记得了。多半是没有过。我们一边吃一边喝着啤酒。他所讲的故事，不免就有了火锅与啤酒的滋味。麻辣和泡沫。

"有这么个水手,他正在街上走的时候遇见一位涂口红的女士。女士对他说:你知道紫色激情的顶点是什么吗?水手说:不知道。女士说:你想知道吗?水手说:想。"

"什么顶点?"

"紫色激情的顶点。"他看我一眼,问我:"你想知道吗?"

我也看看他,摇了下头,又点了下头。他便继续说:

"于是女士让水手五点整上她家去。水手去了,他按响门铃,屋里的鸟儿从四面八方飞了出来。它们绕着屋子飞了三圈,然后门开了,它们又都飞了进去。"

他张开双手,演示着鸟儿"从四面八方飞了出来"。

"又飞进去了。"

我配合着发出不知所云的感慨。

"涂口红的女士来了。她说:你还想知道紫色激情的顶点是什么吗?水手说想知道。于是女士让他去洗个澡,把身上弄得干干净净的。他去了,跑回来的时候踩在肥皂上滑了一跤,把脖子摔断了。"

我默默地吃着,没有意识到他已经停顿了许久。电视的声音并不大,但我渐渐感到了喧哗。仿佛,有鸟群在我的房

间里"四面八方"地盘旋,有海浪拍打着我的屋檐。我抬头看他,手里的啤酒罐跟他的碰一下,问他:

"然后呢?"

他不解地看着我。

"然后呢?噢,没什么然后,这就是故事的结局。他到最后也没弄明白那个是什么。跟我讲这个故事的人说,这是她认识的一个人亲身经历的。"

"我没太听懂,干嘛跟我讲这个?"

"我也没太听懂啊。就是'紫色'让我有点儿想不通,从昨天到现在,我好像被紫色给包围了。还他妈'紫色激情的顶点',你知道紫色激情的顶点是什么吗?"

我摇头,跟他又干了一罐啤酒。他对我不错,很多时候,像一个兄长。但这会儿,我觉得这头犀牛有些软弱。

"你看,我是这么想的,先说说这个故事,人对未知的一切天生好奇,这个你承认吧?而且人还天生地趋利避害,这个你也承认吧?"

"你说吧,我听着。"

"人在好奇中怀着赌徒的侥幸——你愿意相信,所有未知的背面,都藏着属于你的好运气。这没什么好说的,也不该被指责，就好比当一位涂口红的女士劈面塞给你一个美妙的问题，谁都是会蠢蠢欲动一番的吧，是不是？"

"应该是。"

不知怎么，我想起了那位音乐女教授。她就涂着鲜艳的口红。

"涂口红女士的问题，可不就是个够劲儿的诱惑嘛，她用'紫色''激情''顶点'连成串儿，递进着诱惑你，不免要惹得你心痒难忍吧。"

我点头，他一指我说：

"于是，你上路了，准时叩响那扇神秘之门。你看到了出来又进去的鸟儿，它们有四面八方那样的规模。不是吗？这已经有了点儿'紫色激情'的意思了。但这能算得上是'顶点'了吗？好像，嗯，还差着点儿意思。想要登顶吗？那就得费点儿周折了，你得'把身上弄得干干净净的'。这也没什么好说的，想要知道'紫色激情的顶点'这玩意儿，可不就是得有些前提条件嘛！得，回去洗洗再来吧。你瞅你，你瞅你，是得有多急，遵命弄干净了自己，跑着又来了。这一跑不得了，最后就弄出了个故事的结局。"

他兴奋了。并且有些针对我的意思。好像，我就是那个妄图登顶结果扭断了脖子的水手。

"涂口红的女士跟人开了个玩笑,或者是上帝指派她来变了个魔术,只不过,这个魔术有点变态,玩笑开大了。"

"不不不,没这么简单。"

他否定了我。其实这也不是我想要表达的。我只是有些莫名其妙地想要息事宁人。我觉得今天他有些不大对劲儿。但他否定了我,自己也不给出什么结论。他起身上了趟卫生间,回来的时候,一边拉拉链一边说:

"这故事是宋宇跟我讲的。"

"噢?"

我有点儿吃惊,但伴随而来的分明又是毫不吃惊。电视屏幕上的荧光将半个屋子映成了紫色。我感到自己正站在海边,眺望着紫色的大海在无垠的远方与地平线融为一体。今天的确"特殊"。宋宇破天荒地提出"要来看看我",王丁凯上门来跟我吃跨年的火锅,这都是没有过的事情。大家似乎都被某种神秘的"紫色激情"所覆盖。

"昨天我去看齐秦的演唱会了,舞台从头到尾都是紫光,不停地晃,满场的荧光棒也是紫色的,弄得我现在看什么都像是涂了层紫药水。"

"跟宋宇？"

说完我觉得自己有些唐突。

"没，跟小吕。"

王丁凯说，昨晚他跟小吕去看齐秦的演唱会，散场的时候两个人走散了——其实是闹了点儿别扭，小吕是故意走丢的。他在退场的人流中看到了手持一根紫色荧光棒的宋宇。不需要什么理由，两个刚刚还沉浸在青春期歌声回忆里的老同学，在一种近乎"青春散场"的心情下，带着看什么都像是涂了层紫药水的眼光，去了一家酒吧。他们对坐下来，继续挽留片刻青春期的记忆。

要说青春期的记忆，我不记得这两个人有过什么专属他们彼此的特殊内容。那时候，在同学中，他们并没有太多的交集。王丁凯是张扬的孩子王，宋宇却是那类默默无闻的女生。

他们还是通过我联系上的。去年夏天，王丁凯的公司遇到些麻烦，和土地审批有关，我想起宋宇的丈夫兴许能帮上点儿忙。于是三个中学时期的同学坐在了一起。后来王丁凯的麻烦顺利解决，他当然很感激宋宇，就此，经常让我喊宋宇一同聚聚。这是我对三个人之间关系的理解。他和她如果不是因为我，也许彼此都不大可能记得起对方。但王丁凯表现得熟络极了，好像十几年来一直就跟宋宇坐在同一个教室里。对此，我没感到有多么意外。他就是这样一头热情的犀牛。私下里，他跟我感慨过宋宇的容貌。真漂亮啊！他说，他完全不能原谅自己，当年居然会无视身边这么一个有潜质的女同学。

如今的宋宇的确很美。我无法形容她的美。我只能说：她美到"真的会脸红"——这解释起来有些难度，因为脸红貌似人人都可以，但稍微较真，你就得承认，原来"脸红"这件事，更多的时候，只是一个说法，是修辞和比喻。你其实很难在现实中看到一个"真正会脸红"的人。大多数时候，我们只是把扭捏的表情和紧张的心理视为了"脸红"。但宋宇是"真的会脸红"。这除了表明她比大多数人的皮肤要白皙，还表明，在她的身体里，有着比别人更多的生理性与精神性的热潮。那也许是源自一种耻感，一种不需要具体刺激也根植在灵魂里的羞耻之情。我将这视为无法形容的不可方物的美。是的，她常常会无端地脸红。

"宋宇一个人去看演唱会了？"

"一个人，所以我说送送她，结果一起去了酒吧。""她还拿着那根紫色的荧光棒?"

我也不知道自己为什么会这么问。他看我一眼,也许以为我是在戏谑,没有接茬。我想象着一个人去看演唱会的宋宇。她红红的,举着一根荧光棒,被笼罩在一片紫色中。

中学毕业后,我和宋宇也有许多年没见过。大家考取了不同的大学,走向完全不同的人生。两年前,我在这座小区买下了房子,去物业公司办理手续的时候,遇到了正在交物业费的宋宇。原来她也住在这里。她先认出了我,脸红着,叫出了我的名字。很奇怪,按说,上中学时我和宋宇的关系也不是特别的密切,但那天重逢,我竟感到非常开心。也许是因为她的美太有感染力,让人不由得就要认为,和这样一个漂亮的女性重逢,就像是中了头彩,天经地义,是一件应当开心的事情。那天她穿着一件高领毛衣。事后,仔细回想,我也记不得那件毛衣是什么颜色的了。没错,当时我对颜色几乎无感,我眼睛感受到的,可能只是光的波长,是"闪耀与明亮"。她读了很不错的大学,学的是物理,之前供职于一家科研机构,结婚后完全辞去了工作。对此,我有一些不能理解。她并没有孩子,看上去,用不着做出这样的选择。但我并没有问过她原因。我不是一个对这些事情很有了解欲的人，而她，似乎也散发着某种"不解释"的气质。这种"不解释"的气质，在她身上闪闪发光。如果非要想出一个理由，我想，也许是因为她嫁了一位高官吧。

"我不需要有自己的人生。"

有一次，我们在小区里散步，她对我说。说这句话的时候，我们站在小区围墙的铁栅栏前。没有前言，没有后语。她就是无端端地突然这么说了一句。这座小区地势很高，最西边的围墙外完全是一面笔直的陡坡，站在里面向外眺望，犹如立在山巅。我很喜欢在那里站站，仿佛便获得了某种悠长的视野。听到她的这句话，我并没有感到诧异，仿佛她只是红着脸在陈述一个简单的事实，就像是在说：喏，黄昏了。

"真搞不清它们是怎么上来的。"

我是在说流浪狗。西面陡坡下的谷地一片荒芜，长满了野草，不知都是些什么人常年向沟里倾倒垃圾。于是就有流浪狗在下面刨食。它们好像有一个团伙，经常会成群结队地穿过铁栅栏跑到小区里来。我无法理解，流浪狗是怎么攀援而上的。这很神秘，也有些不祥的气息。起初，我们是在散步时偶遇的。她很怕狗。这也是后来我们并肩在黄昏散步的一个理由。每当有狗从身边跑过，她就会表现得很紧张，脸很美地红着。在我看来，她的紧张里还有一股害怕的兴奋感。她跟我说她最怕狗了，上大学的时候被狗咬过。我充当了她的保护者。遇到狗的时候，我们彼此靠近，共同分担害怕和兴奋。日子久了，就有了规律。不需要预约，我们大致都会在黄昏的时候下楼。我没有跟她说过，其实，我也怕狗。

王丁凯参与进来后，我们交往的范围扩大了，不再仅仅限于小区里的散步。隔三岔五，王丁凯便张罗着一起聚聚，无外乎就是吃饭、喝茶。他还提议过一起去趟日本，结果因为她的原因没有成行。但大家似乎都不反感这样的聚会。除了客户，我跟人打交道的机会并不多。看得出，宋宇的社会交往也很有限。也许，我们依然无法做到完全的遗世独立，我们对于人和人的靠近，依然抱有隐秘的盼望。三个人在一起的时候，她明显变得开朗了一些。

"高三四班。"

有一次吃饭，她提起了我们高中所在的班级。难得她还记得。我跟王丁凯都记不得了。有了一个番号，于是，我们之间，就有了一种小团体的温度。她又脸红了，但是一种发自内心的粲然,而非全部因为羞赧。

"你当班花,我当班长没异议吧?"

王丁凯看我。我点头认可。但一瞬间竟有些失落,似乎是遭到了排挤,似乎是,他们在组团,而我只能旁观。

她的丈夫也和我们吃过一顿饭。那差不多算是我见过这个男人唯一的一面——其他时候应当也是看到过的,不过只是偶尔的身影,从车里出来,或者钻进车里去。高大,魁伟,的确踌躇满志。那天他表现得很平易。但这已经足以令人感到压抑。要知道,只有一个庞然大物,才有给人"平易"之感的特权。王丁凯在饭桌上周到极了,像是宋宇的娘家人,竭力奉承着家门的快婿。这令我更像是一个被排斥在外的远房亲戚。席间我离开包厢,到走廊里去抽烟。我的烟瘾并不大,何况,包厢里早已经让王丁凯抽得乌烟瘴气。宋宇跟了出来。她冲我笑笑,红着脸,一言不发地陪在我身边,等我将那根烟抽完。那是我抽过的最漫长的一根烟。当时,我想就这么永远地抽下去。我们站在一起,有种莫名的慰藉感,就像有一群无形的流浪狗正从我们身边跑过,世界动荡而危险,而我们彼此成为了对方的依靠。

一阵刺耳的咯吱声。王丁凯起来上卫生间,脚踩在了空易拉罐上。他踉跄着，满地的易拉罐让他像是踩进了雷区。情形如同一头犀牛在房间里乱闯。他差不多是连滚带爬地扑进了卫生间。我听到咚的一声闷响。他可能摔倒了——是踩在肥皂上了吗？我想过去看看，但实在没力气站起来。可能也不完全是酒精的作用，我只是感到深深的气馁。想必王丁凯也不是完全出自醉意。他的酒量很大，喝下一箱啤酒不至于会栽进马桶里。可能，他也是被某种心情给撂倒了。

"昨晚，我跟宋宇在一起了。"

他回来了，头发湿漉漉的，一头扑进沙发里。

古希腊人站在海边，眺望着紫色的大海在无垠的远方与地平线融为一体……

我又一次看到了这幅画面。

"在一起了？"

我对着紫色的大海喃喃自语。

"没错，去酒店了，去看紫色激情的顶点……"

他嘀咕着，脸埋在沙发里，像是扭断了脖子，一边伴着干哕，一边打起呼噜。我想站起来，身子却出溜下去，坐在了地板上。天似乎黑下来了。没有开灯的房间紫色流淌一片。

睁开眼睛的时候，他已经离开了。我被安顿在沙发上。客厅里一派肃然，干干净净。他打扫了战场。我依旧无法理解他是怎么席卷了那一屋的狼藉。就像我永远也不会理解，他是如何成为了身家上亿的商人。阳台的落地窗大开着，他是为了放出房间里的浊气。这令室温变得很低。我是被冻醒的，包裹在失忆之前的紫光中，有种潮水急退后的搁浅感。我没有时间概念。电视里的跨年演唱会还在继续，说明日历仍然不曾被翻过去。世界在用尽吃奶的力气跨越着时光。真艰难啊，怎么跨，才能跨得过去呢？我去卫生间洗了洗脸，看到面盆的边缘上有一缕没有冲干净的血迹。

套上一件羽绒大衣，我出了门。手脚麻木时，我走上一会儿能够得到缓解。天完全黑了，但黑得发紫，非常亮，近乎透明。的确是在下雪。雪粒打在脸上有种不易觉察却无法忽视的刺痛。我沿着小区的车道向西面走，耳朵几乎听得到落雪的簌簌声。我想去看看墙外的那道断崖。突然一群人迎面跑来，为首的怀里还抱着个孩子。

"我就说过迟早要出事的！我就说过迟早要出事的！"

一个女人哭泣着叫喊。

他们从我身边跑过去。紧接着，几个手提木棒的保安跑了过来。猝不及防,一只黑狗从暗处的草丛中跃起,重重地撞在我的肩膀上又被弹了回去。我完全被吓丢了魂,眼睁睁地看着几个保安乱棍齐下,砰砰有声地击打在狗身上。我听到狗的哀鸣,听到骨头断裂、内脏爆破的声音。打死一只狗并不容易。保安狰狞着,狗也狰狞着。打狗的保安惊恐万状,垂死求生的狗也惊恐万状。人和狗的姿态都极度的扭曲,在某个瞬间,我觉得全都是冲着我来的。有血喷溅到了我的脸上。

我疯了一般地跑开。我的奔跑带动了狗的奔跑。它几乎要被打成肉饼了,但依然像是能咬住我的裤管。保安一路追打,像是铁了心在索我的命。

冲回家,来不及脱光衣服,我就打开了淋浴器。蓬头的水在冬天要放一会儿才能热,冰冷的水浇头而下的一刻,我剧烈战栗,失声恸哭起来。

妻子死的时候,我都不曾这么歇斯底里。今夜,有些事情,终于达到了顶点。

妻子是我们刚刚搬进这座小区不久后死的。从小参加游泳比赛的她将自己溺毙在了游泳池里。没人相信她会用这种方式去赴死,这让她"为什么去死"好像都变得不那么重要。她从来都是那么开朗。我们一起装修新家,一起添置家居用品,窗帘的颜色是她选定的,沙发的颜色也由她来做主,在她眼里,我这个家装设计师只是她的丈夫,如果交给我,我只会把家弄得像修道院。她总说我太消极。她多积极啊,专门买了星巴克的保鲜米桶,日本桐木做的,经过高温碳化处理,防潮防蛀,能长时间保留大米的营养成分。可是,她放进桶里的大米,如今已经生虫了。我不知道这是为什么。

"越是表面开朗的人,越有可能是抑郁症患者。"

这是专家给我的解释。这个解释就像给了妻子一个新的身份标记——会游泳的溺水者。一切发生得太突然了。没留下一句遗言,没写下一封遗书。她死之前,我们还讨论去巴厘岛旅游的计划。她的眼中满是期待的神情,嚷着让我给她买新墨镜。那天她出门时,跟我说了声再见。她去游泳,这是她常年保持的习惯。然后,她就再也没有回来。一个游泳高手,将自己淹死,这得多费力气。专门去打,乱棍齐下,都那么难以打死一只狗。

妻子见过宋宇。刚搬来的时候,我们在小区外的超市里和宋宇撞到。她们彼此打量,微笑握手。出来后,妻子对我说：

"你的这个女同学可能有些抑郁。"

我说不会，她家境很好，丈夫是这座城市炙手可热的人物，她只是比较爱脸红。同样的话，后来宋宇竟然也跟我说过。她说她第一面就感到了我妻子有抑郁症的倾向。我却无法再用同样的说辞来回应她了。现在想，我和她，和她们，看待世界的时候，也许就像古希腊人和今天的我们一样，各自有着不同的视域。古希腊人形容植物会说"鲜艳清新"，而不是绿色，同样，雪花在他们看来"闪烁华丽"，而不是白色，他们能够完美地感知蓝色，但却对描述天空或者大海的蓝色没什么兴趣——至少，不像有着现代颜色感知能力的我们这样有兴趣。那么，究竟谁才准确地感知着世界？或者，世界是否真的能够被准确地感知？

从卫生间出来，我平静了不少。但是依然感到焦灼。电视里跨年演唱会还在继续，一拨又一拨的明星紫气腾腾地轮番上阵。昨晚，她和一头犀牛在一起。她的脸一定很红吧？从脸颊一直红到耳根，并且向着脖子和胸口蔓延……她显得丑吗？她显得美吗？她的脸红将她置于美丑之上。我枯坐在沙发里，渐渐找到了自己不安的根源。我拿起手机,打给宋宇。

"是我。"

"我正想打给你,你好点儿了吗?"

"我没事,王丁凯来过。"

她沉默了片刻。

"喝酒了?"

"嗯。"

"不要紧吧?"

"不要紧,刚刚我还下楼走了一圈。下雪了。"

"是啊,下雪了。"

"以后散步的时候要当心,刚刚好像有小孩被流浪狗咬了。"

我能听到她溺水般地深吸着气。

"你,以后不打算陪我散步了吗?"

"不会。别这么想。"

"我给他讲了个故事。"

她有些吞吞吐吐。

"他讲给我了,紫色激情的顶点,说是你亲身经历过的。"

"不是,我是从书上看来的,书上说,这是作者亲身经历过的。"

电视里在跨年。上帝将绵延不绝的时光折叠成一个又一个的昼夜，折过三百六十五下，再度不厌其烦地折叠一回。好比牌局重开，此刻，人人都盘算着这回没准会抓上一手好牌。就像那个故事里的水手，满怀热望地想要去攀登紫色激情的顶点。这没什么可说的，既然上帝每隔三百六十五天都会给你一个貌似可以重新来过的机会。既然，有一个紫色激情的顶点在不远的地方向你招手。但既然是牌局，锣鼓重开之时，牌桌上的规矩必定依旧森严如昔。上帝给人重开牌局，不过是在一次又一次地教给你度日如年的规矩。想来这种教诲的次数不是太多，也不是太少，粗略估计一下，不过百回。一般来说，在上帝的牌局中，没人会赢到底，也没人会输不完。我不知道自己都是在想些什么。只是觉得，思维和环境的紫光弥合在了一处。

"怎么不说话了？"

"噢……我在看电视，跨年演唱会，你也在看吗？"

"也在看。"她说，突然转移了话题："最近，你要注意安全。"

"什么？"

"注意防盗，小区里有好几家被窃了。"

"嗯。"

我想起早上听到的门外那阵响动，在想，如果真是一个窃贼，当他打开别人的房门时，会不会因为飞出的鸟群而感到沉醉。

"上个月，我家就失窃了。"

"啊？损失严重吗？"

"不知道，警察说，案值有将近三千万。"

"什么意思？你……"

我完全不能确定自己听到了什么。

"我们没报案，但警察抓到了罪犯。全招了。我都不知道，家里的地下储藏间会有那么多值钱的东西，我都不知道，他要那么多的钱干嘛……"

她在抽泣。至少，是在艰难地呼吸。

"宋宇……"

"前天，我丈夫被带走了。"

这句话本不该特别难以理解，但我依然有如听到了一声惊雷。我想起了妻子，在她被"带走了"的最初的那些日子，是宋宇给了我莫大的支撑。那些艰难的日子，不是我在陪她散步，是她在陪我散步，为我驱散心中撕咬着我的流浪狗。她抚摸过我的脸。尽管那可能也算不上是一个抚摸。有一次，当我望着墙外倒满垃圾的谷地眼涌泪水，她伸出左手放在我的脸上。这个手势大约只有一瞬间，让人都怀疑是否真的发生过。但我却在她一瞬间手指的接触下，感到了恒久的安慰。

"宋宇你没事吧？"

"他一度看到了群鸟，紫色激情就在眼前，可以的话，你还能说他'曾经那么接近幸福'……可他的心太急了，跑起来了……他可能忘了，距离那个顶点不远的时候，先得看看脚下有没有肥皂……"

她的语调几近梦呓。我想，现在她的脸一定红着，在为生命不堪且笨拙的本质而羞愧。我不知道该跟她说点儿什么，该怎么说。我从她的声音里一点儿也听不出悲伤，就像那天妻子跟我说再见时，我一点儿也听不出有什么不对头。但我理解她所说的，以及，她所想说的。"我不需要有自己的人生。"她曾这么对我说。"你的这个女同学可能有些抑郁。"妻子曾经这么对我说。

"宋宇。"

我叫她。

"嗯。"

"我在,离你不远。我们大概只有不到三百米的距离。你怕狗,我会陪着你散步。"

我知道自己在说什么,可话还没有说完,我就为出口的词语而感到震惊。我并非震惊于自己的言不由衷,相反,我为自己此刻焦急的恳切而感到动情。似乎,一个长久的亏欠,今日终于得以偿还。同样的话,我想跟我的妻子也说一遍,在她那天向我说再见之前。

她不做声。仿佛我说出的话她还需要等待一会儿才能与之相遇,仿佛这句话必须穿越不足三百米的空间距离,才能真实有效地抵达,令她相信。过了会儿,尽管看不到,但我感觉听到她笑了。她说:

"我知道。"

"答应我。"

"什么?"

"至少把今夜好好地跨过去。"

我知道我是在给溺水者争取时间。

"好。别担心我,我没问题。"

"你在看电视么？"

"是的，电视开着。"

"舞台是什么颜色的？"

"噢？……闪耀的……明亮的……"

我静静地望着电视屏幕。舞台上此刻在放飞鸽子。于是，我真的看到群鸟从四面八方飞来，冲破屏幕，布满了我的房间。它们扇动着紫色的羽翼，犹如紫色的大海在无垠的远方与地平线融为一体。穿上可能还沾有狗血的羽绒大衣，我出门向距离不到三百米的地方而去。跨年之夜除了落雪的声音，紫色的世界好像还回响着一种粗重、可疑的喘息声。落雪与喘息之声暴怒而又安静地对峙着，那些藏于暗处的黑狗，在伤感地凝视着我。

丁酉农历秋分

2017年9月23日

香榭丽

丁酉农历桂月十一

2017年9月30日

井冈山

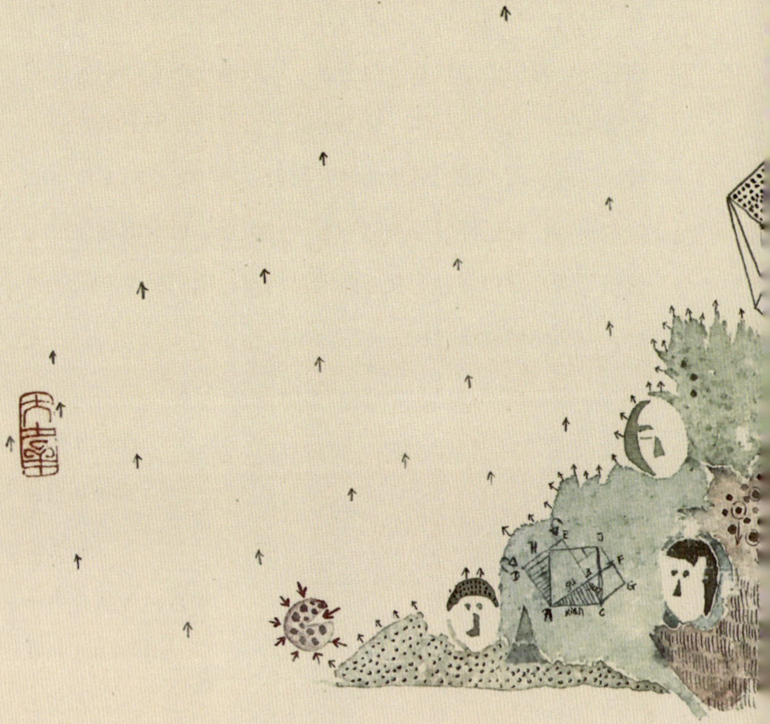

Part 05

如在水底，如在空中

八月,蒲唯收到妻子母亲的来信。西北夏日的黄昏迟迟不肯退场,晚上九点天边依然挂着刺眼的余光,仿佛苍穹的边缘被谁敲破了,洒下一地的碎玻璃。他下楼去经常光顾的那家小酒馆。酒馆位于小区外立交桥的荫蔽处,可能算是违章建筑,但多年来也像西北夏日的晚霞一样,顽强地不肯退场。

他在自己的老位置坐下,开始读信。

我知道,你和我一样,依旧在思念她。蒲唯妻子的母亲写道,但是我必须鼓励你走出这件事情,我不想看到你继续为此而受苦,我知道这也不是我女儿所希望的。

蒲唯妻子的母亲退休前是位中学语文老师。手机时代，她选择写一封信给蒲唯，可能不仅仅是为了以示郑重。蒲唯的妻子生前也在中学教语文。他自己在一所中等职业学校就职，当然，也是教语文。

酒馆老板不用多问，照例端上来一盘羊肉饺子，离开时还拍了拍蒲唯的肩头。蒲唯想对他说今天不吃饺子了，他想来壶酒。

是的，我必须走出这件事情，他想，可是，我为什么"必须"要走出这件事情呢？蒲唯并不能立刻找到一个理由，一个充分的理由，好让自己"必须"走出丧妻的痛苦。也许是这痛苦并没有达到压倒性的程度——他依旧在黄昏的时候吃羊肉饺子，依旧偶尔想喝上一壶酒——那么，就没有"必须"的必要了吧。可是，什么样的痛苦程度，才能算是压倒性的呢？

最后，蒲唯的目光落在了信的末尾。妻子的母亲在落款处写下了时间：大暑。

嘴里咬着半只饺子，盯着那两个字，蒲唯记起了一个遥远的承诺。于是他迫不及待地拨通了程小玮的手机。

"大暑了啊！"他的声音不免有些兴奋。

"大暑？"程小玮迟疑了一下，才应承道，"噢，是啊，热。"

"不是，我不是这个意思，"蒲唯急切地提醒他，"大暑之后是什么？"

"是什么？"程小玮反应不过来。

"是什么节气，嗯？"蒲唯不得不提醒他，"小玮你还记得吗？"

程小玮一定是在盘算，没准还去翻了翻日历，过了会儿才回答道："是立秋吧。"

"不错，是立秋啊——"说了一半的话戛然而止，蒲唯咽下了涌到舌尖的话头。

这让他说出的前半句话在语气上显得很突兀，还有些冒傻气，像是无端地对着一件小事在大发感慨。程小玮显然并没有想起那件事，面对失忆的朋友，蒲唯倏忽失去了重提往事的兴趣。他想，那其实也没什么好说的。

"老蒲你没事吧？"程小玮察觉到了他的异常。

蒲唯继续吃着饺子，说："没事，我没事。"

程小玮说："改天我过去看看你。"

蒲唯说："行，有空就过来吧。"

回到家后，蒲唯开始翻找老相册。还真被他找到了，那是他们三个人的合影，蒲唯，程小玮，还有汪泉。在蒲唯眼里，若今昔相比，照片中的汪泉自然还是当年的汪泉，因为如今的她无从参照，其次，是与今相比已经有些难以辨认的程小玮，最陌生的，反而是照片中那个过去的蒲唯——他是蒲唯吗？太不像了。照片里，汪泉永葆着青春，程小玮狡猾地躲闪着时光，只有他蒲唯，是再造了一般。

尽管旧照只能让人和过往变得更加疏离，但看了会儿照片，蒲唯心里还是感到了隐隐的不适。他难以确定丧妻不久的自己这样追念另一个女孩子是否恰当。不，他并不因此自责，他只是有些理不清这里面的关系，被某种"缺乏正当性"的暗示所困扰。尽管，他明确地知道，此刻自己对汪泉的追念丝毫不带有那种男女之情。那么，蒲唯对汪泉带有过那种男女之情吗？可能连这点都是没法肯定的。

吞下两片褪黑素，蒲唯早早上了床。睡意尚未来临，程小玮的电话打进来了。

"老蒲我想起来了，"程小玮说，"的确是十八年了。"

"是啊，"蒲唯在黑暗中欣慰地笑了，说："小玮你还记得。"

"你正在放暑假是吧？"程小玮问。

蒲唯说："是啊。"

程小玮说了声"好"，手机就挂断了。

并不能算是梦境，但蒲唯也难以将之视为清醒的回忆。他在黑暗中混沌地张着眼睛，闭上眼睛时，脑子里又是一片夏日的明亮。十八年前的夏天，刚刚参加完高考的他们一同去了人迹罕至的所在。那地方叫冶木峡，距离省城不足两百公里，可对于当年的他们而言，却足以算是一次遥远的旅途。三个人在峰峦叠嶂的山区住了两晚，每天听着村民吹响羌笛，算是完成了一个别致的成人礼。

在山里，面对着那面湖泊，汪泉宣布："十八年后，我要写一封信寄到这里！"

所谓"这里"，是他们落脚的一家村民旅馆。

事后蒲唯认为，当时汪泉的这个宣言有可能只是一时兴起，她并没有经过认真的谋划，那只不过是少女在大自然中身不由己地做了一个深呼吸。

"收信人是谁呢？"程小玮却当真了。

"你，"汪泉指指程小玮。这个答案出乎蒲唯预料。

他还以为汪泉会将那封未来之信寄予此间山水呢。难道不是吗?看上去,那更符合女孩子浪漫的情怀。继而,蒲唯便迅疾地品尝到了失落。好在汪泉又转过身来,对着他说道:"还有你。"

安慰感于是来临得像失落感一样不可理喻。两个少年面面相觑,心头流转着从未领受过的情绪。

"那么,"程小玮小心翼翼地求证道:"你要写什么内容呢?"

"到时候你们读信不就知道了嘛。"汪泉轻描淡写地说,她可能并没有料到自己的一个深呼吸会导致这么一连串棘手的问题。

"可是,没准那时候这里已经不再是一个有效的收信地址了。"蒲唯说。他在努力抑制着什么,并且为自己突发的理性而感到不解。

这个理性的问题破坏了气氛,也令原本带有游戏性质的笑言一下子变得正式起来。汪泉不说话,她好像生气了,不得不直面人为制造出的这个麻烦。蒲唯站在她身后,她连衣裙下面那两只单薄的肩胛骨在蒲唯眼里总觉得像是一对跃跃欲试的翅膀。

过了会儿,她转过身来,信心满满地说:"如果真是那样,这封信不就显得更加宝贵了吗?"

蒲唯心中其实已经在默默地为她措词了,她说出的这句话和蒲唯所能想到的差不多,只不过在蒲唯的心里,赋以那封信的是"神秘"这个词,而她,选择了"宝贵"。这当然不是一回事。

"对,"程小玮附和道:"一封失去了收信地址的信……"

"也不知道收信的人那时还在不在。"蒲唯想不到自己又说出了这样的话,这让他看上去都有些像是在故意刁难人了。

当然不是,他无意冒犯长着一对翅膀的女生。当年的蒲唯并不是一个悲观的别扭少年,但那一刻,一种新鲜的、宛如森林气息一般的惆怅突然在他心中弥漫开。也许是那一刻置身的环境使然,森林,湖泊,少男和少女,还有其他什么,是这一切的组合,令他滋生出一种化学性的迷茫。

"老蒲你是怀疑自己活不了下一个十八年吗?"程小玮推了他一把。

"不会的,"汪泉沉着地打着手势,肩胛骨更像是一对翅膀了。她像说出预言似的说道："我相信那时候，你们俩都会活蹦乱跳地来这儿等着收信。"

看上去朋友们似乎是在鼓励蒲唯，似乎，他真的像是一个需要被鼓励的人一样。蒲唯于是笑起来，大声说："那说好了，十八年后我俩准时到这儿来收信！"

"对，准时，要有个准日子，我们总不能没头没脑地在这儿瞎等啊，这儿吃得又不好。"程小玮热烈地响应。

"立秋吧，我们出门时不是刚刚过了大暑吗？"汪泉说，"时间我会掌握的，我会在这两个节气之间发出那封信，确保就在立秋前后寄到，我不会让你们瞎等的。"

就像是跟祖国的邮政打了个赌，就像是跟荏苒的时光与不可预知的未来打了个赌，约定便这样达成了——而"十八年后"，是十八岁时的他们所能想象的最遥远的未来。

一大早程小玮就来了，坐在客厅的沙发里等着蒲唯洗漱。他还带来了早点，油条和豆浆。两个男人对坐着默默地用完了早餐。

"走吧，带件厚些的衣服，山里还是会凉。"程小玮说。

蒲唯从衣柜里找出件薄夹克，随后他们就出了门。

程小玮的车停在楼下,上车后蒲唯问他:"不会耽误你做生意吗?"

程小玮做着古玩生意,在市里最大的古玩城有着一层楼的铺面。

"不会,"程小玮说,"我的生意不就是赌运气吗?"

这个回答别具深意,蒲唯一下子不知该怎么接他的话。

当年遥远的旅途如今完全被高速公路贯通了。坐在副驾驶的位置上,蒲唯发现,从侧面看程小玮的发际线已经后退得相当厉害,现在差不多只有半个头顶被稀疏的头发覆盖着。蒲唯想,此刻程小玮的感受一定和自己差不多:眼里所见的与内心看到的是两幅迥然不同的画面——笔直的道路就在眼前,而内心却跋涉在昔日崎岖的山路上。

十八年前他们的那次旅行,一路颠簸,坐着破旧的长途客车。

那时候,出了城便是山,如今,城似乎永远出不去了。城市在车轮下没完没了地向着远方扩张,天的尽头仿佛都将铺满坚硬的水泥。

"你说,当年汪泉的爸妈怎么就那么开明?"蒲唯想说点儿什么,一时又找不到话题,只好结合自己如今的感受发出一个疑问。"他们怎么就会允许汪泉到山里去住两天呢?"蒲唯问。以他现在的从教经验,如今女孩子的家长会教导女儿像防狼一般地防着男孩子。

"还是信任吧,他们信任自己的女儿,相信那会是一次纯洁的旅行。"程小玮说,"越是有教养的家庭,相互间越是信任。你别忘了,汪泉的父母都是大学教授。"

蒲唯表示同意,不可避免地想到了自己的妻子,还有妻子的母亲。

"老蒲,"程小玮叫了他一声,说,"早想陪你出来散散心了,这下正好是个机会。"

蒲唯感到被一个发际线严重倒退了的人叫做"老蒲"有些荒唐。尽管程小玮在中学时就这么叫他了。

"陪我?别忘了,那封信是写给我们两个人的。"蒲唯说。

并非是不甘示弱,蒲唯只是不愿沉溺在那种完全被预设了的同情中。从妻子去世那天起,他就时刻这样提醒着自己。

"没错!"程小玮拍一下方向盘说,"咱俩是搭伴儿踏上寻梦之旅。"

蒲唯觉得"寻梦之旅"这个说法也有些滑稽,但是立刻在心里谴责起自己的苛刻。

"你说，汪泉现在会在哪里呢？"他空洞地问着，其实并不指望得到回答。

十八年前，蒲唯考到了湖南的一所师范大学，汪泉考上了北大，程小玮落榜了。大学四年他们相互还有些联系，但谁也说不清，是从什么时候联系变得少了，又是从什么时候，汪泉就彻底没了音讯——似乎是举家去了深圳，然后又移民去了加拿大，但这些消息并不确凿，如今几乎都想不起是出自何处。时光易逝，一切就这样不知不觉消散。蒲唯望着车窗外想，这就像程小玮无法准确地感知他头顶的发际线是如何一个毫米又一个毫米地后退那样吧？总有些重要或者不重要的阵地在接二连三地沦陷，可你压根顾不上搞清楚究竟是怎么失守的。

"这还用说吗，她当然会在给我们写信的地方。"没料到，程小玮竟然给出了一个答案。他专注地看着前方，脸上半带着微笑。

这个答案一瞬间令蒲唯震惊。闭上眼睛，他无法确认自己突如其来的情绪源自何处。汪泉只不过是曾经的一个女同学，骨骼精致，有着一对翅膀般的肩胛骨，总是衣着整洁——这差不多是他所有的记忆了,这些微弱的记忆完全不足以撼动成年男人的心肠。可程小玮给出的这个答案,就是这样一击而中,不知道洞穿了他胸中的哪块靶心。

车子在山洞里疾驰,应该是在一路向上,因为那个要去的地方海拔更高一些。

蒲唯说:"老程,你说得没错。"

"老程?"程小玮转头看他,哈哈大笑起来,"对,老程老程,我等着你这么叫我等了十几年了。"

蒲唯不由得也笑了,他自己都没意识到怎么突然就对程小玮换了称呼。

"叫了你这么多年'小玮',"蒲唯说,"便宜也占够了。"

当年辗转了一整天的路,如今不足三个小时就跑完了。

进山的路却没了,被那面湖泊所阻断。算不上沧海桑田,但地貌的确改变了。

有专门的渡口和停车场,进山的人只能弃车登船。停车时周围车主的议论让情况明朗了——改天换地,当地政府人为地扩大了湖面,于是水路成为了进山唯一的通道,于是,收费停车，收费乘船。

每个人上船时都要表达几句不满，好像牢骚就是船票。对此，蒲唯和程小玮倒没什么抱怨的。从早上出门开始，他们就运行在一种随波逐流的态势里，一切都是无可无不可的。安之若素，他们并没有一个明确的、不能被变更的路线需要来贯彻。

万顷碧波，渡船上写着"冶海一号"。想必"冶海"就是这面高山湖泊的名字了。当年它也被称之为"海"吗？蒲唯想不起来了。他想应该不会，否则他会记得的，身在高原的人会对任何一块以"海"命名的水域保持住牢固的记忆。

船舱是铁皮的，座椅是铁皮的，乘客们被要求套上了橘红色的救生衣。这导致出了一阵议论——水很深吗？——就算你是个潜水运动员也得把救生衣套上，这是规定！

从舷窗望出去，两侧的山峰也泛着生铁般的青褐色，犹如铁铸。

船头有三位搭乘的喇嘛在做法事，宽袍大袖迎风鼓荡，向湖面抛撒着谷物。但不一会儿就被赶回了船舱。船头不允许站人，这也是规定，哪怕你是个做法事的喇嘛。有乘客跟着向湖里抛掷硬币。据说心诚者投入的硬币会沉入湖底。遗憾的是，眼前并无硬币浮在水面上，以违背物理定律的奇迹来佐证人心的虚假。水面很干净，船舷的浪花清澈极了。

程小玮也在口袋里摸来摸去。后来他将拳头伸在蒲唯眼前，慢慢张开，让他看一样东西。是一枚古币，直径大约两厘米，布满斑驳的绿锈，呈不甚规则的圆形。

蒲唯问："你打算扔进湖里吗？"

程小玮看他一眼说："想祭湖我会专门准备些硬币的。"

蒲唯说："这不也就是一枚硬币吗？"

程小玮瞪了他一眼，无奈地说："对，也算一枚硬币。"

"有什么特别的吗？"蒲唯问道，"是不是很值钱？"他想起来了，程小玮如今是位古玩商。

"还好吧，值个一两万。"程小玮说，"这不是关键。"

蒲唯说："那你还是别扔湖里了。"

"我说了，这不是关键！"程小玮急了，把古币塞在蒲唯手心，要求他："你看看，上面是什么字？"

蒲唯并不能辨认出古币上的字迹。那四个字即便不经过岁月的磨损，在他这个中等职业学校语文老师的眼里，也形同天书。

"算了，你闭上眼睛。"程小玮命令道。他用两只手捂住蒲唯捏着古币的手，掰开他的食指，让指尖在那四个篆文上反复摩挲。

黑暗中有灵光乍现。运行在盛夏的湖水之上，蒲唯的指尖于一片蒙昧之中，触摸到了虫咬一般有着些许疼痛的灵感。

他吁了口气，张开眼睛说："泉。"

程小玮也吁了口气，说："了不起。"

蒲唯定睛端详古币上那颗唯一被自己触摸出名堂的字——原来它的笔画最简单，当你一旦确认出它，它就像脑筋急转弯后那个浅显的谜底，令你有种轻微的羞耻之感。蒲唯想，这其实没什么了不起，"钱"通"泉"，这对于一个学过古汉语的人而言，几近常识。与其说他是摸出了这个字，不如说是潜意识里的经验给了他指尖以灵感。

然而程小玮继续说道："泉，汪泉的泉。"

这个强调令蒲唯又一次感到了吃惊。他惊讶于自己的麻木，惊讶于程小玮竟会如此的细腻。你瞧，在他的潜意识里，不过是教化而来的"钱"通"泉"，而在程小玮那里，却是"泉，汪泉的泉"。

船身一阵剧烈的颠簸，舵手在喇叭里介绍："这儿就是著名的湖洞，所有的船经过时都要抖三抖，算是诸位登岸前向圣湖磕头了。"

当年那家村民旅馆还在原地，只不过规模必然地扩大了数倍。现在，它由数栋联排的木楼组成。先前通往湖岸的卵石小径也改为了木质的栈道，一直从建筑延伸到水里，让旅馆远远看上去宛如矗立在湖水中一般。

登记的时候，蒲唯动念想要住在当年住过的房间，但这个念头只是一闪而过。显然，旅馆的格局早已今非昔比，况且连他自己也无从确切地还原当年的记忆。

房间不大，墙壁、地板、屋顶全部是新鲜的松木板，卫生间里有24小时的热水。可以肯定，当年他们来到这里时住宿条件远没有眼下的好。但现在蒲唯站在房间里，还是感到了昔日重来。他推开窗子向外眺望了一会儿，空气如此透明，事物之间仿佛不再有物理的距离，浮云、山峦，乃至偶尔的声响，四合之内的一切，只要你愿意，伸出手就能抓住。山水依然，时光混淆，从前与现在是浑然的，不分彼此，遑论好坏。

稍事休息，两个人下楼用餐。餐厅有露天的位置，他们选择坐在户外。举目张望，可以从这块圆木构筑的观景台上看到很大的一片湖面。湖面上漂着警示的浮标，黄色的三角形柱体在阳光下像水里伸出的牙齿。有几个游客在规定的水域里游泳，男男女女，从体型上看，好像清一色都是笨拙的中年人。

程小玮点了牛排和烤饼，提议喝一杯。蒲唯点头表示赞同。那枚价值不菲的古币一直攥在他手里，他的指尖总是不由自主地在那个"泉"字上摩挲。后来他有了新的发现，将古币放在餐桌上，对程小玮说："你瞧，这个'泉'字的造型，像不像中国铁路的标志？"

程小玮拿起来看了看，说："是挺像。"

白酒上来了，程小玮表示要共同干一杯。

"祝什么呢？"程小玮问。

"祝健康吧。"蒲唯随口敷衍。

的确，人生今日，祝酒的词都已变得贫乏。酒杯很大，一杯大约就有二两。蒲唯平时是没什么酒量的，他并不明白自己为何会喝得如此轻易，也压根没有想要追究的愿望，就那么仰头喝了下去而已。程小玮在桌面上拨弄着那枚古币。

"这钱，叫'凉造新泉'。"他说。

经他一说，蒲唯马上便觉得古币上天书般的字迹变得一目了然。那四个字原本简单，但是不知所以的时候，你就是无从辨认。这里面好像有着无从说明的奥秘。

"凉造新泉。"蒲唯跟着重复了一遍，汉语独特的语境令他心生浮想。

一边啃着牛排，一边喝着酒，程小玮向蒲唯讲授起古币知识："这是古代中国第一枚以国号为钱文的圆形方孔钱，'凉'就是西晋十六国时期河西一带政权的国号……"

山中无大暑，空气薄凉，溽热全消。一切都似是而非，连烈酒都像是白开水。蒲唯几乎都要想不起自己和程小玮为什么会在此对饮。不是吗，此行的目的经不起推敲——他们这是要干嘛？真的是要等待一封十八年前承诺过的来信吗？至少，蒲唯对此是没什么把握的，他想程小玮恐怕也和他差不多吧。老实说，并没有一个显而易见的理由足以构成他们行为的说明。所以,他们相互之间压根不再提那封信,甚至还有些刻意回避,好像一旦提及就会让人羞愧难当。

于是,不如就说说古币知识吧。

后来程小玮将"凉造新泉"弹向空中,大张着嘴,看着它从空中下落。蒲唯还以为他是准备要用嘴吞下去呢,结果他却是用双手接在掌心。原来他要以猜正反面来跟蒲唯赌酒。程小玮的确热衷于赌运气,而且看来很在行。十有九输,蒲唯很快就被酒意压倒了,心想这就是游戏的凄凉。

于是山中的第一日就这样过去了。

早晨蒲唯爬上露台时程小玮已经坐在餐桌旁用餐了。

"我没叫你,想让你多睡会儿。"程小玮说,抖动着手里正在翻看的报纸。

蒲唯说:"好久没睡得这么踏实了,一睁眼感觉好像才睡了一分钟。"

程小玮把桌上铁壶盛着的酥油茶给他也倒了一杯,再一次抖抖报纸说:"《甘肃日报》,三天前的,邮局的人每隔三天进山来投递一次邮件。"

蒲唯听出了他的弦外之音。

"刚刚我问过前台了,这儿十几年来邮政地址都没变过。"程小玮继续补充道。

蒲唯依然只是点了点头,他不知道自己该说些什么。

吃过东西,两人各自回房间加了件外套,然后一起去爬山。

山上植被繁茂,森林比十八年前显得更具原始气象,这给人造成一种错觉,仿佛一路逆行,他们不但走回到了十八年前,而且继续回溯,还能走向亘古的起点。不远的山坡上有煨桑台,霭霭烟雾不动声色地渲染着一方天光,最终成为了天色的一部分。风中松柏燃烧时飘来的气味成为了他们的方向。

走近后,程小玮向一位正在祈福的藏族汉子讨要了几根五彩绳。他将其中的一根系在了经幡的长绳上。经幡在微风中居然猎猎作响。

双手合十,闭着眼睛默默地站了一会儿后,程小玮回头对蒲唯说:"为女儿。"

说着他的手下意识地在齐腰的高度虚晃了一下,让人相信他是在意念里抚摸了一下女儿的头顶。继而他的意识回归,悬空的手贴回大腿,并且紧张不安地在裤腿上蹭了蹭,好像瞬间做回一个父亲这滋味既让他感到甜蜜又让他感到无法承受。

程小玮有个七岁的女儿，如今跟着他前妻住在墨尔本。

蒲唯也过去系了一根，闭上眼睛时，他心里默念着亡妻的名字。

张开眼睛，蒲唯看到桑烟中漫天飞舞的风马。

后来他们找了一面避阳的山坡，仰天躺下，双双陷入一种无喜无悲的冥想状态。没错，城里的生活让你觉得自己和世界之间总是隔着一层毛玻璃，严重的时候你会觉得自己是一名汽车修理工，而且没有升降机，你只能躺在汽车底盘下干活，就像是一起事故的遇害者。但在这儿，两个男人暂时卸下了一些东西，就好像放下了什么家当，然后就可以待一辈子了似的。

待到中午，他们下山吃饭。

吃饭时蒲唯面向着湖面，他提醒程小玮也回头看看：一艘渡船正在靠岸，几个游客的身后跟着一名身穿绿色制服的邮递员。他背着一个帆布包。直到这名邮递员进到旅馆的前厅后，程小玮才叼着啤酒瓶回头向蒲唯意味深长地笑了笑。

此行好像都是程小玮在主导，蒲唯只是个跟从者。现在，蒲唯觉得自己也该做点什么了。他放下筷子，从露台上下去，绕进了旅馆的前厅。那个邮递员正坐在椅子上喝水，一叠邮件放在前台的柜面上。蒲唯过去装作随意地翻了翻。几份报纸，两本旅游杂志，有一封信，是那种信封中间用玻璃纸镂空透明的信函，应该是一封保险公司的告知书。

他的举动被柜台里的女服务员误解了，随手递给他一沓明信片，说道："如果你要寄的话，正好桑吉可以收走。"

于是重新回到露台时，蒲唯手里多了两张明信片。

他坐下递给程小玮一张说："寄一张给谁吧，桑吉下次来的时候可以带出去。"

程小玮问："谁是桑吉？"

蒲唯说："邮递员。"

邮递员桑吉是个藏族小伙子，皮肤黝黑，普通话难以说得标准。他不清楚程小玮那张写着英文地址的明信片该如何结算邮资，说回去搞清楚了先帮他贴上邮票发出去，下次来时再付他钱好了。

蒲唯的那张没什么问题，明信片自带的邮资就足够了。蒲唯在这张印有"冶海风光"的明信片上写下了妻子的名字。面对这位藏族小伙子,蒲唯庆幸自己头天夜里没有在明信片的收件地址上写下"天国"。那样的话,小伙子恐怕要比看到一长串的英文地址更感为难了。蒲唯写下的是自己家里的地址。他想,等他回去时,这张写给妻子的明信片就会躺在自家楼洞的邮箱中了,那就仿佛收件人还在楼上。他还有些迟疑,考虑是否应该也给妻子的母亲寄一张,用以告诉她自己正在遵嘱走出"那件事情"。但他还是放弃了,他不想如此拨弄老人的心弦。

邮递员桑吉以三天出现一次的频率第三次到来时,蒲唯与程小玮已经完全适应了山里的日子。他们天天都会爬爬山。午睡后,多半是在露台上无所事事地坐到黄昏。

其间在旅馆老板的鼓动下他们还下湖游了一次泳。旅馆老板醉醺醺地向他们强调,禁止游过隔离浮标,否则后果自负。因为黄色浮标的另一面就是神秘湖洞的范围,水下有诡异的漩涡,劲道十足,能将人瞬间吸入水底。这家旅馆的老板有一张宿醉不醒的脸和一双愤怒的小眼睛,因此好像不常现身,貌似一个躲在幕后的暴君,这让他发出的警告听上去更具威力,也颇像一个蛮横的恫吓,于是反而激起了他们的兴趣。

他们在一个午后下到了湖里，不约而同，竟然一起朝着禁区的边缘游去。夏日当头，湖面亮得让人睁不开眼睛，让人感觉自己就是掉进了一片灼亮的水银之中，将头埋入水里的一刻，光的强度依然在水下闪烁不已。几分钟后，那条黄色浮标连成的界限就在眼前了，它们在水中被一条粗绳相连。蒲唯先游到了，趴在绳索上借着浮力休息。程小玮紧随其后，也照样趴在浮绳上。强光灼眼，两个人只能眯缝着眼睛。他们感觉到了水底挂着的那道网，同时也感觉到禁忌带给人的那种强烈的诱惑力。身后有个女人在向他们喊：不要越界！

这些日子，除了程小玮向蒲唯讲授古币知识，他们之间好像再无其他话题。没错，他们不提远在墨尔本的女儿，不提远在另一个世界的妻子。那都没什么好说的，而且谁都知道，说了也改变不了什么。在这个空气新鲜的地方，他们体验着一种真空般的与世隔绝的存在感。

那枚"凉造新泉"被程小玮用五彩绳系在了脖子上。他喜欢光着膀子坐在露台上，很快，他胸膛的肤色就和古币的颜色相近了。有时蒲唯会故意吸引他更换朝阳的角度，为的是能够让他的身体晒得更均匀一些。

"'凉造新泉'存世量太少，目前泉界对它的研究存在不小的困难，因为新莽至十六国的三百多年间，河西四郡割据政权的史书资料至今多已散佚，现有的史籍无从查考……"

蒲唯在他头头是道的讲述中昏昏欲睡，往往再次清醒时，看到的会是此番情形：世界像是被装了消音器，而一个像是被烤过的胖子裸着上身坐在你面前，胸膛宛如青铜，肚子鼓凸，脑袋低垂，打着呼噜，稀疏的头发在阳光下有一层烧卷了似的、毛茸茸的光晕。面对此情此景，蒲唯每每都需要怔怔松片刻才能恢复到对于世界的理解。

"船过湖洞时放在船头的一包邮件掉到水里了。"邮递员桑吉用生硬的普通话说，"今天船上的人坐满了，我只好把邮包放在船头。"

他是在跟前台的服务员解释为什么今天的报纸没了。

同样的话，程小玮听到后上到露台转述给了蒲唯。他还模仿着小伙子的发音。

"没了。"说着他摊摊手，想必这也是小伙子做过的手势。

蒲唯竟被他逗笑了，倒了杯啤酒递给他，低头继续用刀子分割一块羊肉。过了一会儿，蒲唯漫不经心地说："老程，今天立秋了。"

程小玮正弓腰坐在椅子里，一只手捏着另一只手走神，闻声抬头看看蒲唯，不经意间暴露出了无助的表情。他就像一个受了委屈的儿童，或者刚刚挨了妻子耳光的丈夫。不过他迅速做出了调整，扭了扭脖子，说道："那就再等三天吧。"

这是进山以来他们第一次说到了"等"。之前他们都在规避这个无法完满解释的意图。他们说不出"等"的理由，他们也羞于承认在等，更何况他们所等着的，看起来又是那么的没谱。两个男人并不想直面自己精神的幼稚。

"好，"蒲唯说，"就再等三天。"

他也在努力装出若无其事的样子。可"等"的意图一旦被正视，心中不免立刻便凝重起来，那种对于某个事物的盼望之情开始盈满在意念里，以至于让他感到了隐隐的焦灼。

晚餐程小玮要了一整只烤羊腿。他好像把立秋当做一个节日来过了。节气在山里兑现得格外分明，是夜，气温骤降，明显比前一天要凉了许多。但程小玮依然光了膀子，一边大口啃着羊腿，一边不时做几个扩胸的动作。

旅馆后面的空地上有一群旅客在围着篝火跳锅庄舞，后来程小玮也跑去加入了。蒲唯趴在露台的木栏杆上，看着火光中的程小玮夸张地把自己跳成了夜晚的主角。

这些日子以来，都是程小玮先起床用餐，对此蒲唯已经习惯了。但第二天早上，蒲唯没有在露台的餐桌边看到程小玮。

蒲唯去敲程小玮的房门，里面没有动静，心想也许是昨晚闹得太晚了，程小玮还在睡觉。到了中午，依然不见人影，蒲唯就有些担心了。他去前台要了房卡，自己动手打开了程小玮房间的门。人在房间里，蒲唯以为他还在睡觉，不料刚刚关上门就听到他哼哼了一声。

"老蒲你去给我弄些碘酒和纱布来。"程小玮哼哼着说。

凑近一看，蒲唯倒抽了一口气。程小玮全身赤裸着趴在床上，房间的窗帘是拉着的，光线昏暗，但蒲唯还是在一瞬间感觉自己像是看到了一个祭坛。程小玮浑身是伤，仿佛祭坛上剥光了的祭品，整个身躯好像也比平时膨胀了不少，就像是被水泡肿了一样。

跑到楼下向服务员要了纱布和碘酒,蒲唯重新回到了程小玮的身边。他开了灯,那些伤口愈发狰狞起来,有青有红,更多的是惨白的绽肉。

程小玮像一条被人用鞭子抽了一顿的伤痕累累的大鱼。他双手抱着脑袋哼哼个不停,但就是拒绝回答蒲唯的问题。问急了,他才讪讪地说一声:"喝多了。"

这显然不仅仅是喝多了的事。蒲唯非常后悔昨晚自己早早睡了,把程小玮一个人丢在夜里。继续追问下去,程小玮不情不愿地回答道:"掉进了一块荆棘地里。"

"掉进了一块荆棘地里?"蒲唯重复这句话,起初脑子里还在盘算旅馆的周围何来这样一块地方,但旋即他就被这句话神秘的意绪引向了恍惚。

他用纱布将程小玮捆成了一只粽子。

蒲唯自己在下午三点的阳光里走入了湖水。

立秋之后的水温截然不同,湖面上已经没有其他游客的影子了。他一步步从湖岸蹚进水中,感觉不是湖水,是寒冷,在将自己一寸一寸地淹没。渐渐地,他的身体适应了水温,下水前他喝了几大口白酒,此刻酒劲儿也开始在体内发挥出了效力。

蒲唯匀速向前游去，感觉自从妻子死后，自己从未像此刻这般目标明确过。

那道界限很快就触手可及，蒲唯游到后趴在浮标的绳索上反复调整了几次呼吸，然后翻身越了过去。

水温是另一种冰冷，那道界限真的隔离出了两块不同的时空。蒲唯却并未感觉到艰难，相反，他觉得自己的身体越发地自如起来了。

十几分钟后，他看到自己的身下飘过一道修长的蓝光，也许是紫色的，他还没来得及凝神，它就下潜到湖水的深处去了，仿佛天空中一道稍纵即逝的霓虹在水里反射了一下。可能是某种鱼类？但蒲唯想起旅馆的服务员对他说过，湖中只有小鲵，别无其他水生动物……就在此刻，他开始感到水中的暗流了，像一匹布柔韧而有力地卷裹着他。他不做抵抗，顺势向着水底沉了下去。

第一次，沉到一半的时候，他觉得已然用尽了肺部的氧气，这时那道卷裹着他的力量恰好翻转，他差不多是被弹出了水面。他的头钻出湖水，大口呼吸，同时看到自己伸在空中的胳膊有几道翻开的口子。那一定是被水里的什么东西刮破的，但他却并无觉察，没感到一点儿痛。

再一次，他重新下潜。他的脚不断地下探着，自问是否能够踏到湖底，或者这湖是否真的有底。终于，他感到脚底下就是铺满淤泥和砾石的河床。他在水中翻转身体，伸手触摸。或许因为这一切都是在静默中发生着，他感到自己完全身在一个不真实的梦境里。每一次伸出手，水的阻力都让他仿佛捕捉到了不具形体的珍贵之物；每一次伸出手，都像是一次与熟悉事物的邂逅。那是一种饱满的徒劳之感，又是一种丰饶的收获之感。

有一个瞬间，他的意识里浮现出这样一幅清晰的画面：某个遥远的地方，在大暑与立秋之间的日子里，一个女孩子正坐在窗前写信，窗帘被微风吹拂着舞动……

他甚至看到了那封信的内容，女孩子以娟秀的字体写道：亲爱的小玮，亲爱的老蒲……

后来，他的脚踩在了一层滑动的小块金属上，身体因此失去了重力。他猜那是祭湖者投下的硬币。他尝试着微微张了一下眼睛，惊讶地发现，原来水底并非漆黑一团，而是有着晦暗不明的光线。看来程小玮所言不虚，那真的是一块荆棘地——无数枝杈纵横在身边，上面挂满了不知何物的沉水品。但是他看不到一只邮包。幽暗中亦有灵光乍现,他几乎完全是靠着直觉和本能向着虚空打捞了一把。

重新浮出水面时,他已精疲力竭,臆想自己正在被不可避免地抬高到了世界的顶端,仿佛一碗盈满的水,就要流泻到世界的外面。

在湖面上没有意识地漂浮了一阵,他感到有力气可以转头游回去了。

即便已经立秋,西北的黄昏依然迟迟不肯退场。但是当蒲唯返回到安全的水域时,天色一下子发生了逆变。也许是他游了太久,当他翻过那道黄色浮标的一刻,湖面倏然一片辉煌的彤红。水天一色,宛如霞光在一瞬间跌入了湖水之中,也宛如他在一瞬间游到了天际。

脚下踩到湖岸时,出水的蒲唯发现自己泡皱的双手除了挂着水草,右手食指上还缠着根五彩绳,绳子上系着的,可不就是那枚"凉造新泉"。对此他一点都没有感到意外。好像他深入到水底去,就是为了把什么丢失了的再找回来似的;好像只要他伸出手去,必定就会有什么重要的东西将重新被攥在手心一样。

他一步一步从水里蹚出来,浑身的划痕,唯一能做的就是忍住不发抖。他的腿在抽筋,肌肉一阵阵跳动着痉挛。不管昨晚程小玮经历了什么,他可不愿意被人拖上岸。他对自己说,好吧,我来过了,沉下去了,伸出手了,现在,我"必须"走出来了。

然后他就看到那个暴君般的旅馆老板挥舞着拳头气急败坏地向着他东倒西歪地跑来。

立秋后的第三天他们出山返城。他们也没法继续待下去了,挨个犯禁,已经让他们被视为制造麻烦的人,如果不是伤得不轻,被旅馆老板抓了现行的当天他们就被赶走了。

邮递员桑吉放下旅馆的邮件,和他们同船离开。

在船上,说起旅馆的暴君老板,桑吉说:"他呀,没人能认识他,因为他总是会不停地变成和你认识的那个人不一样的人,他老要拉住你告诉你他是谁,可他究竟是谁也一直在变。"

程小玮用裹着纱布的手挠着正在变秃的头顶,和蒲唯对视了一下,用眼神询问蒲唯是否听懂了这番话。蒲唯还给他了同样的眼神。程小玮问蒲唯进城去哪儿吃饭,蒲唯说先回家吧,心里想着的是那张明信片应该已经寄到家好几天了。那枚古币已经重新挂在程小玮脖子上,他晒黑了的皮肤把白色的纱布衬得触目惊心,多日未刮的胡子看上去比头发还要密。

西风凄清,太阳正在落山,山岚中飘荡着煨桑的香味。湖面上有一层薄薄的雾气浮动,仿佛湖泊的灵魂正向着夕阳飞升。经过湖洞时,渡船开始动荡。

在发动机的怒吼声中,蒲唯对身边的邮递员桑吉说:"我在这儿看到过一道光。"

"扎西德勒!"小伙子热切地盯着蒲唯说:"老哥你看到了圣光!"

重新将目光投向湖面,蒲唯的心情又一次跃入了水中。水面扩散着亿万道细碎的波纹,像是释放着大自然亘古以来难以穷尽的隐秘的痛苦。尽管蒲唯知道那道光不会重现,但心里还是如同水面一般涟漪涌动。没错,蒲唯想,他真的可能有幸目睹过一道圣光,它如在水底,如在空中。有那么一会儿,蒲唯变成了他不自知的观察者,他看到这些天里,两个生活中的受挫者怀着羞于启齿的等待之情,在"写信的人如今就在写信的地方"那样一种宽泛而朴素的理解力下,试着靠近过那道光,从而和一些有希望的东西再次发生了联系。为此，他们前仆后继，不惜涉险——即便那莫须有的事物宛若捕风捉影，即便它如在水底，如在空中。

丁酉冬月廿四
2017年12月11日
香榭丽

Postscript

代后记：对更普遍的生活的忧虑

王苏辛：又一年，拿到了《丁酉故事集》，读完后发现和《丙申故事集》很不一样。如果说《丙申故事集》在讲人的情感、人的精神如何置放，那在《丁酉故事集》中，我看到的，是你将笔触更具体地聚焦于普通人，或者说对精神生活有要求的普通人们，能在这个不断变化以及信仰缺失的世界中做些什么。不知我的感受是不是准确？在创作《丁酉故事集》的过程中，你感觉到自己的哪些变化？你有意识在突出自己作品的变化吗？

弋　舟：你意识到没有？当我们完成作品后，倘若过度地自我谈论，会酿成一定的风险——没准读者会照着你给出的答案，懒惰地收窄自己的判断，甚至干脆依照你的说辞，简单并且粗暴地臧否。在《丙申故事集》后记里我们聊到的那些内容，如今已成为最令我头痛的口实，有些读者乃至评论者，据此对小说做着武断的标签，而在我看来，狭窄和武断，都是理解文学的大敌。当然，话是我们自己放出去的，被广泛征用，也没什么可说，你没法去指责别人的懒惰，只有警惕一些，在作品以外少一些言论吧。现在我们聊《丁酉故事集》，针对着的是一个"过去"的时态，它已经是成品，你所言及的"有意识"，诚然是一个前瞻性的状态。老实说，写这批作品之前，我并没有这些笃定的前瞻，如今水落石出了，或者才恍然大悟——哦，原来它们是这个样子，有了变化，凸显了什么。所以，现在我们如果谈出了点什么，也只能是后知后觉。可这并非不重要，在人间又活过了一岁，回头看看，也没什么不好，它能让我审视自己，即便，审视出的结论可能会授人以柄，导致被误解和扭曲的风险。

王苏辛：好的，那我们还是聊这部小说集。《势不可挡》这篇，我感觉它非常写实，然而每一处又都是象征。仿佛在想象的礁石上建造了一道壁垒。精神领域的劳动者们在小说中被认为是"无用者"，而他们却又通过塑造"圣母"的形式，完成自己劳作的仪式，最终，这个仪式也不得不宣告破产——这样的情节听起来仿佛有些似曾相识，但阅读的时候我很倾心对于这些艺术家和作家劳作仪式的讲述，那仿佛是一种不肯忍让的妥协，渴望既保全自我，又能被社会体制所认可。而在艺术家作家们自己设置的劳作仪式破产后，最初的反抗者们又成为专制者。这很黑色幽默，却在无数个时代反复上演。书中这些精神领域的劳作者们有没有你身边作家同行们的影子？如果真的有文学艺术被认为"无用"的那一天，你还会继续写作吗？

弋 舟：《势不可挡》是在明喻今天"未来已来"的事实，也是在形容我对人性基本的理解，喏，"最初的反抗者们又成为专制者"。这令人绝望，"却在无数个时代反复上演"。于是会怎样呢？于是人类因此都变得极度厌倦了，当然，也因此变得极度灵活了，由之发展出了戏谑，发展出了反讽，发展出了黑色幽默，一边轰轰烈烈打着世界大战，一边兴致勃勃地写着《好兵帅克》和《第二十二条军规》。在"势不可挡"的人性面前，在庞大而沉重的境遇面前，如今我们与之斗争的，除了人类简史，还有了未来简史。丁酉之年，我听到最多的一个词大约就是"人工智能"，乃至许多文学活动都是围绕着这个话题。一方面，我因此获得了思想的活力，另一方面，又是深深的疲惫和厌倦。那种无能为力的感受混合在错乱的亢奋中，就和我们面对人性晦暗之时的精神状态一样。小说里那些徒劳的劳作者，既滑稽可笑，又伤感哀愁，他们非但是我的同行，更有可能还是我自己。在一定意义上，文学已然"无用"，可是你看，我们依旧在写，在徒劳地戏谑，在疲惫地杜撰。有时候我会想，也许这样的滋味，恰是文学亘古的常态？它从来就在"无用"的沮丧下，面对着势不可挡的世界。文学可能本来就是一场仪式，而世界，可能本身就是一场更大的仪式。

王苏辛：你说到"徒劳"，这恰是我接下来想问的。在你的小说中，我常能读出——有限的解脱在更深层的忧虑面前仍显得徒劳的感觉。但生活或许原本就是对徒劳的应对。《会游泳的溺水者》中，无论是"我"在妻子溺亡后，渴望拯救同样有抑郁症的女同学，反复出现的"群鸟"，贯穿全篇的"古希腊人站在海边，眺望着紫色大海"的意象，都让人感觉到一种对自我、对更普遍的生活的忧虑。你有通过自身的写作去解决自身的忧虑吗？在你看来，这种忧虑在生活中是不是必要？有人说，人只能承担自己所能承担的，但一个作家，他可能没办法只关注自己能承担的，他总要有"公心"，对此你怎么看，又如何面对自己对于普遍困境的忧虑？

弋　舟：想想真的是这样——对更普遍的生活的忧虑。我们写作，首先一定是基于自己的个体经验，但若要解决个体经验中的忧虑，我所能想到的、唯一有效的途径，或许就是"对更普遍的生活的忧虑"，那样能够令我自己汇入某种"整体性"的告慰之中——我所承受着的，是所有人都在承受着的。"群鸟""古希腊人""大海"，这些昭示着自然风物和人类历史的修辞，至少能够有限地引领我趋向更加辽阔的抚慰，那个自怨自艾的个人，至少会从中有限地忘掉一己的艰难。在这个意义上，写作就是在解决我们自身的忧虑。忧虑必要吗？也许它压根就不是一个选择项；"对人类的忧虑"必要吗？至少，本着"自我安慰"的需求，它就是必要的。那些"更普遍的困境"就是我们个体忧虑的根源，对此视而不见，你就无从理解自己所受的伤害源自何处，无从给予自己一个"广谱"的医治——哪怕，对于医治的盼望本身都是徒劳的。

王苏辛：《会游泳的溺水者》开头就写道"这些貌似无用而驳杂的知识，只能令我深感焦虑和茫然"，嫁给全城炙手可热人物的宋宇直言"我不需要有自己的人生"。这两个状态，在日常生活中经常能看到。比如一个人遇到没有能力解决的精神难题，这个难题的存在又让他整个生活显得失衡和无序。于是有人说，不能解决，不如不知道。不久前我看到一本书里写到先秦时期天子会把百姓召集起来，以他们亲人在阴间的荣辱来要求百姓为人做事。这在现代人看来似乎有些荒谬，但在当时确实起到了作用，没有让国家因为一些动荡陷入混乱。回到我们这个时代，很多人热衷于传播自己知道的东西，完全不顾忌可能产生更差的后果，社会中充满某种看起来聪明却又解决不了问题的言论。对此，你怎么看？

弋　舟：也许这正印证了世界本身就是一场像模像样的仪式。我们置身其间，"仪式化"地空转着像模像样的一切，假设无数的真理，赋予它意义，相信它，怀疑它，颠覆它，重建它……没有"它"，我们惴惴不安，有了"它"，我们惶惶不可终日。如今信息汹涌，人间的仪式更为沸腾，而我们的无力感也越来越深重。也许最终抹除我们的，并不是我们发明出来的技术，而是我们狂欢一般制造出的仪式的泡沫，一个热衷仪式化的物种，因为过于仪式化，在极致的仪式感中把自己给干掉了，于是，仪式达到了它戏剧性的高潮。贾平凹有句座右铭，"心系一处，守口如瓶"，我也常常以此自省，"守口如瓶"无外乎就是少说点儿话吧，可依然还是很难做到。少说话其实非常要紧，要知道，人间仪式的泡沫，基本是靠语言堆积的。

王苏辛：读你的小说，常能看到一些这样的"仪式"。"仪式"在我看来也是你小说中的诗意，这里说的"诗意"，是它里面的人物在努力缓解内心的苦痛，希望在灰暗的生活中走出一点信心。在这里，诗意可能是人得以自省与解脱的方式。比如《如在水底，如在空中》，两个经历家庭与情感变故的中年男子，打捞出记忆中一点安慰——曾经一位女同学说，十八年后要寄给他们一封信，收件地址就是曾经他们三人一起旅行的地方。起初我也好奇，女同学到底会不会真的寄出这封信，看到"我来过了，沉下去了，伸出手了，现在，我'必须'走出来了"，看到暴躁的旅店老板"总是会不停地变成和你认识的那个人不一样的人，他老要拉住你告诉你他是谁，可他究竟是谁也一直在变"，知道比希望成真更重要的，是人在面对希望的过程中，如何面对自身面目的改变。不管是这篇小说，还是《巴别尔没有离开天通苑》，你都在结尾处给了一点光，这似乎和你过往的写作不同，为什么会有这样的转变？

弋　舟：既然认清了人类"仪式"的本质，我们就努力从中谋求一个光明的站位吧。让自己站在亮处，换上干净的衣裳，不能衣冠似雪，至少也萧然自远，清洁朴素。我当然知道，污泥浊水也能被仪式化，可那不符合我在丁酉年里阶段性的盼望。我同意你将我小说中的"仪式"等同于"诗意"，就我理解，这也是在说"对更普遍的生活的忧虑"——我们明白大部分盼望都"如在水底，如在空中"，但我们依然去捕捉和打捞，这就是沉痛生活中的诗意，是

"对更普遍的生活的忧虑"。它不是风花雪月，是弥足可贵的英雄主义。巴别尔没有离开天通苑，作为一只猫，它还在苦熬，从中你可以得到继续苦熬下去的理由，从中你也可以得出总得让自己透口气的勇气，无论你如何的无力，苦熬与苦斗皆是费力气的活儿，有时候，我们把力气用在熬上，有时候，就得把力气用在斗上。在消极与积极之间，现在我选择积极，于是你看到了，我在"结尾处给了一点光"。敬泽先生谓我"推石上山"，他当然其实是在说西西弗斯，在加缪的名篇中，我被这样的句子打动——但当他又一次看到这大地的面貌，重新领略流水、阳光的抚爱，重新触摸那火热的石头、辽阔的大海的时候，他就再也不愿回到阴森的地狱中去了。

王苏辛： 有的作家在"聊写作"和"写作"时像两个人，但感觉你特别一致。刚才有的话，甚至出现在这部小说集中也不觉得突兀。你认为作家应该在"谈创作"和"创作"这两个状态中持有高度的一致性吗？通过社交网络，我曾经看到你在旅途中写作，《丁酉故事集》中有的小说，也是在旅途间隙中完成的吗？

弋　舟：那种在"谈创作"与"创作"中判若两人的家伙实在是太了不起了。你知道，大多数时候，他们说的一定会比写的高级许多。写作终究是建立在作家生命感之上的，我这么活，所以才这么说，于是才这么写，这个链条受制于我个体生命必然的局限，也受制于写作与生命之间基本的伦理。那些总能摇身一变的家伙，他们获得了无限，口若悬河地做帝王，捉襟见肘地做乞丐。这本集子的确有一些部分是在旅途中完成的，我觉得利弊参半，坐在候机厅里写小说，必然会轻盈，也必然会滞重，必然潦草也必然精确。

王苏辛：你的小说，没有那么多具体生活的现场感，更多是精神状态的变化和投射。小说质地很绵密，甚至叙事和论述在你的小说中也浑然成一种东西。我更愿意把它理解为，这是写给始终有着精神生活的那群读者。这似乎也和很多传统现实主义作家不一样，在我们目前的文学环境中，充满现场感和参与感的小说写作越来越被鼓励，高度概括性和凝练式的写作有时被认为过于现代派，不符合现实主义的传统。但之前跟你交流，你一直认为自己是现实主义作家，但我知道这个"现实"更像和某种现代派写作的经验融为一体，构成的一种新的"现实"。你如何看待自己的现实主义写作和通常意义上的现实主义写作的不同？

弋 舟：对于"现实主义"的理解，我已经全部兑现在了自己的写作中。显然，对那个"通常意义上的现实主义"，你是有所不满的，我想，令你不满的并非"现实主义"，而是"通常"。如果"通常"即反凝练、反概括，那么我们当然有理由对之不满。文学活动本身就是人类精神生活之一种，写给对于这种生活有需要的读者，难道不是天经地义的么？如果"通常意义上的现实主义"已经成为传统，只能说明我们不幸身在一个糟糕的传统里。但就我的认识而言,事情可能没这么悲观。任何时候,大行其道的都是平庸的作品,我们无法想象一个时代有一百个曹雪芹在写《红楼梦》,或者上百本刊物登载的都是《战争与和平》。平庸可能并不是被鼓励的结果,而是生而为人,我们不得不活在拥挤的平庸里。实际上,"不平庸"反而一直是被呼唤和鼓励着的,只是作为被鼓励的对象,我们大多是平庸之辈。这就不是"现代主义"和"现实主义"的纠葛了,"现代主义"也大量地制造着平庸,"现实主义"摆脱了"通常",同样会熠熠发光,作为"现实主义"发轫之时所否定的"浪漫主义",同样也有不朽的篇章。而今天,那种假以"现代主义"之名的劣质写作,在我看来更加值得警惕,那种"通常的现实主义"至少还有股令人喜欢的、原始的诚恳与颟顸,而"伪现代主义"哗众取宠,更具欺骗性,更容易沦为掩饰无能的遮羞布。让我们重温一下卢卡契的语录:"艺术的任务是对现实整体进行忠实和真实的描写。"——你瞧,作为现实主义最忠诚的信仰者和最后的辩护师，卢卡契难道不是在说"对更普遍的生活的忧虑"么？在我看来，"更普遍"就是在说"整体"，"生活"就是在说"现实"，"忧虑"就是在说"批判"，而"批判"的道德基于"忠实"与"真实"，合起来，"对更普遍的生活的忧虑"就是我所理解的"批判现实主义"。

王苏辛： 是的，平庸并非取决于一个文学态度，决定作品的仍是其洞见与广度。这部小说集中，《缓刑》更像截取一个生活片段，将目光对准一个小女孩，她说着大人的话，并始终冷眼旁观，甚至与一个中年男子有了某种精神上的关联。这种关联也让这篇小说充满艺术感。《巴别尔没有离开天通苑》也是如此，一次看起来仓促的短暂逃跑，其实也是"我"一次蓄谋已久的逃离。我不禁想起很久之前看到的一则新闻——某中年男子突然失踪，在外地隐姓埋名生活多年，而原因居然只是厌倦了乏味的家庭生活，希望能把人生刷新，重新开始。和这两篇小说中非常态的日常一样,这听起来很有戏剧性,却也是我们时代的某种现实。我想起幼年时,发现家所在的那条街上很多房子被涂满了"拆"字,却又久久没被拆掉。而自己身处"拆"字中,常常感到焦虑。很多年后我知道,是因为当时自己隐约察觉到"不能置放的自我",对我来说,这也是你的小说主题之一。你会有这样的感觉吗?在与自己笔下的人物同呼吸共命运时,他们是否完成了你在现实中不能完成的自我的置放?

弋 舟:我们永远在文学中谈论着"我",同时,也永远追求在"我"中抵达"洞见与广度",这恰恰构成了这件事情的两极,其间的张力,置放着文学。所谓平庸,大约就是顾此失彼,甚至罔顾此彼,要么只在"我"的鸡零狗碎中,要么只在"洞见与广度"的假大空里。《缓刑》中的女孩,是独一的那个女孩,她穿行在候机楼中,将要遭遇不幸,她也是所有的女孩,穿行在阳光下、田野里,她们同样的脆弱易折;《巴别尔没有离开天通苑》中的"我",

是那个居住在一百七十多平房子里的"我",也是所有流离失所的"我",他们同样都需要有一个宁静的港湾在彼岸等待着自己。日常感与戏剧性从来未曾彼此割裂,它们整合在人类那个"仪式化"中。你看到的那则新闻,大约二百年前,一个叫威克菲尔德的英国男人就这么干过,这家伙在十月的一个黄昏告别了妻子,也是想要刷新自己的人生。他干得更狠更彻底,干脆就在家的附近潜伏了下来,用了二十年的时光偷窥着妻子的日常……没错,这是霍桑所写下的名篇,而霍桑在小说的开头也是这么交代的:在某份杂志或报纸上,我搜寻到这个故事,据说是真的。你瞧,"据说是真的"这件事,本来由花边新闻来记录就足够了,可霍桑还是将它写成了小说。我想,霍桑之所以非要这么干,也许正是如你一样,他也常常焦虑,常常隐约觉察到"不能置放的自我"。于是,霍桑在威克菲尔德和人性普遍的幽暗之间置放自己,在日常感与戏剧性中置放自己,在仪式化中置放自己。他一定和自己笔下的威克菲尔德先生同呼吸共命运,霍桑如同威克菲尔德先生一样，我们也一定能够看到这一幕——"在伦敦街头的人群中，我们认出了一位先生，他已经渐入老年，没有什么特征还能吸引漫不经心的旁观者。然而，他浑身上下还是看得出命运留下的非凡笔迹，得有点阅历的人才能读懂。"因为我们是小说家，是"有点阅历的人"，还因为，我们有着"对更普遍的生活的忧虑"。

王苏辛：有人说，一个不断写作的人，写下的不仅是自己的作品，还有自己的命运。很高兴在《丁酉故事集》中看到你如何书写"对更普遍的生活的忧虑"。希望这部《丁酉故事集》能继续安慰它的读者。

弋　舟：谢谢苏辛专业的工作，或者我们还将在《戊戌故事集》里重逢。

2018年3月5日

戊戌惊蛰